**Poèmes de
Paul Eluard**

艾吕雅诗选

[法]保尔·艾吕雅 —————— 著
罗大冈 —————— 译

**Poèmes de
Paul Eluard**

图书在版编目（CIP）数据

艾吕雅诗选/（法）保尔·艾吕雅著；罗大冈译. —北京：人民文学出版社，2020
ISBN 978-7-02-011722-2

Ⅰ.①艾… Ⅱ.①保…②罗… Ⅲ.①诗集—法国—现代 Ⅳ.①I565.25

中国版本图书馆 CIP 数据核字（2016）第 123571 号

责任编辑　黄凌霞
装帧设计　李思安
责任校对　李晓静
责任印制　徐　冉

出版发行	人民文学出版社
社　　址	北京市朝内大街 166 号
邮政编码	100705
网　　址	http://www.rw-cn.com
印　　刷	北京盛通印刷股份有限公司
经　　销	全国新华书店等
字　　数	128 千字
开　　本	787 毫米×1092 毫米　1/32
印　　张	8.625　插页 9
印　　数	1—5000
版　　次	2020 年 7 月北京第 1 版
印　　次	2020 年 7 月第 1 次印刷
书　　号	978-7-02-011722-2
定　　价	45.00 元

如有印装质量问题，请与本社图书销售中心调换。电话：010-65233595

欧吉讷·格朗岱尔（艾吕雅的本名），1911年

艾吕雅

加拉和艾吕雅,1913年

艾吕雅和父母，1916年（在巴黎）

艾吕雅在他的书房，1936 年

艾吕雅和毕加索在法国南部，约 1938 年

女须和艾吕雅

女须、瓦伦蒂娜·雨果、艾吕雅和曼·雷
在蒙特利尼翁,约 1938 年(摄影曼·雷)

艾吕雅和他母亲在蒙特利尼翁,约1938年

艾吕雅在那不勒斯,1949 年

艾吕雅，1950 年

艾吕雅和毕加索在瓦洛里,1951年

艾吕雅最后的照片,克洛德·鲁伊摄于 1952 年 9 月 21 日

艾吕雅的葬礼

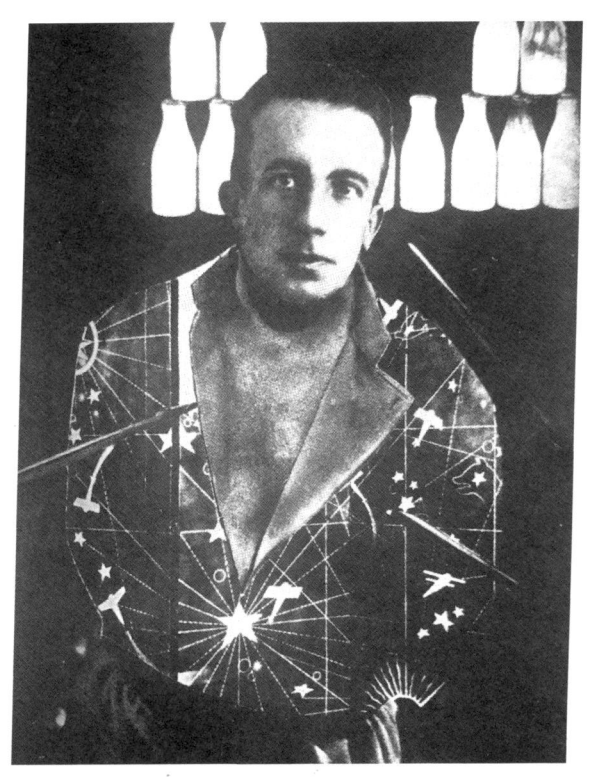

《星星的哺育者》，安德烈·布勒东绘

《保尔·艾吕雅》,乔治·格罗兹绘

译者序

携着我的手吧,同志们,我是你们的人。

——艾吕雅:《政治诗集》

是的,艾吕雅是我们的人。他不但是法国人民所热爱的诗人,也是全世界爱好和平、自由的人民所重视的诗人。在当代法国诗歌的范围内,他甚至是最重要的代表人物之一。五十七年的生命,几乎完全贡献给了诗歌工作;而他的诗歌,尤其是达到了成熟期以后的诗歌,完全贡献给法国人民,作为争取自由、独立、和平、民主的武器。

二十世纪以来,法国文学上出现了许多诗人,其中有几个曾经风行一时,例如瓦雷里①、克洛岱

---

① 瓦雷里(1871—1945),旧译梵乐希。法国资产阶级抒情诗歌在没落中,有几个代表最后挣扎的重要诗人,瓦雷里是其中突出的一个。他主要诗篇有《水仙辞》《年轻的司命女神》等。内容抽象、玄虚;形式属于后期象征主义。

尔①、阿波里耐②等。但是他们之中有的干脆背叛人民,与人民为敌,有的对人民漠不关怀。总之没有一个像艾吕雅一样,将他写诗的天才,他的心,毫无保留地交给了人民。作为觉悟的诗人,艾吕雅不但在当代法国文学上是重要的范例,在整个法国文学史上也很突出。诚然,我们还可以指出阿拉贡③,另一个忠于革命事业的、当代法国重要作家。在某些意义上,阿拉贡甚至比艾吕雅更为重要。而且艾吕雅的进步,与阿拉贡的友谊的推动和帮助是不可分的。这固然是对的。不过这儿打算专谈诗歌。阿拉贡在诗的方面也有很高的成就,可是他的文学活动的范围不限于诗,诗在事实上并不是他唯一的工作。他在小说上的成

---

① 克洛岱尔,生于一八六八年。为当代法国资产阶级反动文学中最有代表性的诗人。主要作品有诗歌与戏曲。以散文诗的形式歌颂天主教精神。早年曾任法国驻中国,继而驻日本的高级外交官。愈老愈反动,近年来甚至附和战争贩子,主张用大规模毁灭性的武器,向"共产主义各国"进攻。
② 阿波里耐(1880—1918),法国当代诗歌革新运动的主要诗人。作有《醇酒集》等。
③ 阿拉贡,一八九七年生于巴黎。法国共产党中委。当代法国最重要的革命作家。主要诗集有《碎心集》等,主要的小说有《共产党人》等。苏联"加强国际和平"斯大林国际奖金委员会两位外籍的副主席之一(另一位是郭沫若)。

就规模很大。此外,他在时事、政治、文学、艺术各方面的论著也有一定的分量。阿拉贡的武器是多种多样的。艾吕雅生平惯使一种兵器——他的唯一的兵器是诗歌。所以谈到法国当代的诗,首先应该提起的还是艾吕雅。

作为觉悟的作家,艾吕雅所取法的还不仅是他的友人阿拉贡。撇开历史上的诗人们不谈,在当代诗歌中,他的榜样和益友是马雅可夫斯基、加西亚·洛尔迦①、聂鲁达和希克梅特。艾吕雅生前好友,法国著名画家费尔南德·莱热②说得好:"和马雅可夫斯基、洛尔迦、聂鲁达、希克梅特站在一起,艾吕雅代表了法国。这五个伟大的名字是分不开的。他们是先知先觉。这是他们的光荣,他们之所以不朽的保证。"

一九四九年世界和平理事会派艾吕雅为代表,去参加了墨西哥的和平会议。但他未能到纽约去参加那儿的和平会议,因为美国政府拒绝签证,不许入境。一九五三年十一月他去世的翌日,法国政府禁止治丧

---

① 加西亚·洛尔迦(1898—1936),当代西班牙诗人中最富于天才的一个,生前致力于人民民主运动,一九三六年七月牺牲于佛朗哥的刽子手的枪弹之下。
② 费尔南德·莱热,法国当代进步画家。

委员会将诗人的葬仪用群众大会的形式举行,并规定柩车的速度不得弱于每小时四十公里,以免大队群众跟去送葬。反动派对于一个人民诗人是这么害怕,甚至诗人已死,见了他的遗体还继续害怕。

正如和平鸽子不需要任何"护照"而能飞遍全世界,艾吕雅的诗不是任何国境所能限制的。他的诗句不但无须签证可以流传各国,并且不需要办任何手续而能深深钻入爱好和平的人心。至于巴黎人民对于他们自己的诗人的敬爱与哀悼的热诚,更不是每小时四十公里的汽车速度所能阻挠。那天(十一月二十二日),会集在拉雪兹神甫公墓门前的群众仍然是拥挤不堪的。反动派所头痛的人物,往往正是人民所热爱的。例如艾吕雅。

法国人民对于艾吕雅的评价是很高的。法国共产党中央委员会关于艾吕雅逝世的讣告,相当于最后的鉴定。讣告说:

> 法国共产党中央委员会沉痛地讣告:保尔·艾吕雅于一九五二年十一月十八日在巴黎逝世,享年五十七岁。
>
> 法国共产党向保尔·艾吕雅致敬。他是伟大的诗人,伟大的法国人道主义者,可钦佩的爱

国志士和"抵抗运动"的斗士,莫里斯·多列士的朋友和战友。他用从良心及天才出发的整个理智,来参加了共产党,他就是这样的一位同志。

保尔·艾吕雅的名字是法国的光荣,工人阶级的光荣,他的名字和他的诗一样,将永垂不朽。

法国共产党,莫里斯·多列士的党,号召法国人民向这位为了人类的幸福,为了自由,为了祖国的光荣,为了和平,奋斗到最后一息的诗人表示隆重的敬意。

法国共产党中央委员会(政治局代)

艾吕雅逝世引起全世界进步人士同声悼惜。聂鲁达从智利打电报说:"我太哀痛了,连话都说不出来。他曾使法国遍地开花。我哭了。"希克梅特的悼电说:"他是世界人民在争取自由、民族独立与和平的战斗中,高举着的最壮丽的旗帜之一。"以法捷耶夫、西蒙诺夫、爱伦堡为首的十几个苏联作家,在他们的悼电中也说:"艾吕雅之死,对于全世界的文学是令人沉痛的损失。"

欧吉讷·格朗岱尔,这是诗人保尔·艾吕雅的真实姓名。一八九五年十二月十四日,他生于离巴黎北郊不远的一个名为圣·特尼的小镇上。这是一个工业市镇,许多冶金厂、机器厂、化工厂集中在那儿。格朗岱尔的父亲是会计员,母亲是女裁缝。一个是职员,一个是手工业工人,都是仗着辛勤劳动度日子的人,但是和一般的产业工人却又不同。未来的诗人艾吕雅在那工人集居的小镇上,在机器和汽笛的喧嚣声中,在充满烟灰的空气中,度过童年。一九〇八年,他随着父母迁居巴黎。由于他父母的工作关系,全家定居的地方是巴黎东车站附近的工商业闹市。因此他的童年和少年均在所谓"平民区"的辛劳忙碌的气氛中,积累了感性的记忆。

一九一一年,影响他一生的第一件严重的事故发生了:他患了肺病。所以不得不辍学,到瑞士高山上住了三年疗养院——一九一一到一九一三年。一个十六七岁的年轻人在寂静的疗养院里过着漫长的空闲日子,这不是一件容易忍受的事。他开始写诗。他那时候的枕边书①是惠特曼《草叶集》的法文译本。

他出疗养院不久,对他一生有重大影响的第二件大事发生了:第一次世界大战。现在保存着的艾吕雅

---

① 爱不释手,坐卧不离,看而又看的书。

作品中,最早的一篇诗写于一九一四年,正是第一次大战爆发那年。那首诗开头说:

> 心挂在树上,你摘就是了。

青春的心苦于无处寄托,倘若逢见知己,不妨双手奉送。当然,有志气的年轻人到了一定岁数,往往会有"十年磨一剑,霜刃未曾试"的感觉。但是艾吕雅的年轻的心是不会交托给战争的。不过面对着公民的"义务",他不愿留在后方。一九一五年他足二十岁,到了服军役的年龄。一起头,他当卫生员,后来自请拨为步兵。他对战争的态度,诚如雅洪托娃所说,是"自发性的抗议"①。诗人的事业倒并未因战场生活而中断。正相反,一九一七年他生平第一本诗集问世了。一共"印"了十七册,其中包含十首诗。这诗集名为《义务》,而第一首诗就替一个战死的伙伴鸣不平:

> 遍地上,人在受苦,
> 而你的鲜血使土地惨裂,
> 他们把你抛弃在深渊边沿!

---

① 见《译文》杂志一九五三年八月号,庄寿慈同志译文。

集中其他诗篇有的题名《受罪》,有的题名《焦躁》。另有一首题为《巴黎这么愉快》。诗的内容却并不怎样愉快:

> 这是战争!没有比冬天打仗更为艰苦!

显然,这儿所谓"义务"也就是"不得已"的代名词。虽然他大发牢骚,自发地表示反对战争,他却并没有想到自己的不满可以成为一种实际的力量,变为行动,发生效果。这就是他和另一个伟大的法共作家,亨利·巴比塞①不同之处。《火线》的作者从战场上一回来,将痛恨战争的情绪化为决心、化为力量,去追究战争的基本原因,立意连根消除造成战争的因素。因此,他挺起胸来,参加了革命,参加了共产党。

艾吕雅在战争中只歌唱了他对生命的"忠诚"。意思就是说他希望能保全自己的生命,他对于生命并没有失望。隔了一年(一九一八年)他发表了第二本诗集《和平咏》,尽情歌唱了生还的狂欢。事实上他

---

① 亨利·巴比塞(1873—1935),著名小说《火线》的作者。从第一次世界大战的战壕里回来以后,他即大力从事于反战的宣传,希望人类不再遭战争惨祸。旋即认识到战争的根源在于资本主义的存在,于是加入"法共",成为文化战线上的热情、勇敢的卓越斗士。终于积劳成疾,病故于莫斯科。

并没有等一九一八年大战告终才退出战场。一九一七年,敌人用毒气袭击,他受了重伤,又加肺弱,不得不回来医治。从此他一生孱弱善病,时常需要进疗养院做或久或暂的疗治。甚至一九五二年他逝世的病因,据医生说,亦当归咎于他肺部中过毒气的老根子。

第一次世界大战在他身体上造成了这样严重的后果,对他的思想也有一定的影响,不过这种影响不立刻就反映出来。艾吕雅参加战争时才二十岁,他对战争的体会远没有巴比塞或瓦扬-古久里①等人那么深刻。在战场上一心盼望生还,生还那天高兴到别的什么都不想,这对于一个被迫打仗的二十岁小伙子,并不出人意外。可是这种"高兴"究竟不能继续很久。有人抱怨战场上回来的年轻人,说他们好像不再习惯于沉闷呆板的日常生活,好像战场上的粗暴生活使这些敏感的青年性格变得乖戾,他们对于生活采取"苛刻"的态度,好像因为他们在战场上吃够了苦,回

---

① 瓦扬-古久里(1892—1937),法国共产党党员,著名的作家、艺术批评家,《人道报》总编辑。曾来我国上海作短期寓居。在他的有名的散文集《我们一定让太阳出来》中,收有几篇深刻地同情我国被压迫的劳动人民的短篇小说。

来以后有权利提出"过高"的要求。这些都是希图掩盖事实的谎话。事实的真相无非是:像阿拉贡和艾吕雅那样的青年,从战场上回来以后,相信自己有权利,并且也有义务,大声表示他们对现状的不满。他们盼望发生改变,但不清楚改变什么,怎么改变。由于战后的社会使他们懊丧,他们心里更明白了当初去充炮灰完全是冤枉、受骗。他们含糊地感觉到那个社会里存在着严重的矛盾。但是他们在那时还没有一定的觉悟,也没有能力去正视、追究和分析当前的矛盾。在现实生活上碰了壁,这群青年决意在文学上来一个翻天覆地的"发泄"。因此,青年的艾吕雅,曾经长时期迷失在形式主义文学的邪道上。起先他参加了达达主义的队伍。等达达主义幻灭,超现实主义①代之而起,艾吕雅又参加超现实主义的行列。一九二六年以后,他几度表现了想和现实、和革命靠拢的意愿与倾向,但都没得到具体的成就。在那一时期,他和一九二六年以后就毅然决然靠拢了革命的阿拉贡有了很大的分歧。

---

① 达达主义、超现实主义,均为第一次世界大战以后在法国(以及稍后在西欧)文学上所发生的反动的、颓废的、形式主义的倾向。

迷失在形式主义的魔网中的时期,对于艾吕雅的生活与创作来说,都不是快乐、幸福的日子,而是不安、苦闷与彷徨的日子。他之所以一直到一九三六年才算是基本挣脱了形式主义的束缚,走到了现实的太阳猛烈照耀着的十字街头,而不能更早地转变,当然有许多原因,其中重要的一个,是当时超现实派的头脑,安德烈·布勒东①给他的非常恶劣的影响。

一九三六年发生所谓西班牙内战,其实是希特勒与墨索里尼发动世界大战的序幕,大炮开始轰击前的"试射"。西班牙人民替这一阵"试射"付出了惨重的代价。"试射"的炮声惊醒了多少直到那时为止在政治上采取睡眠状态,或游移状态的人。画家毕加索是其中之一,他的挚友,诗人艾吕雅也一样。

说艾吕雅的政治觉悟是被西班牙内战的炮声所催醒,这是对的;但这并不是说他在那时以前完全站在反动的立场上,丝毫没有觉悟的契机。他曾经对记者多美尼克·特桑谛②宣称:"即使在达达主义的时

---

① 安德烈·布勒东(1896—1966),法国作家、超现实主义理论家,作品有《娜佳》。
② 多美尼克·特桑谛,女记者兼作家,法国共产党党员。本文所引有关于她的各段均见她的报道散文集《我们选择了和平》。

期,我已经负荷着一种政治的不安。"一九三六年在伦敦举行的超现实主义的展览会上,艾吕雅做了下列的发言:

> 时机已经到来,所有的诗人有权利,也有义务这样主张:他们是深深地活在别的人们的生活之中,公共的生活之中……诗人们的孤寂,今天正在消失。现在他们是和大家一样的人。他们有了兄弟。
>
> ——见《诗的明朗》,一九三七年版。

一九三六年他到民主西班牙去了一趟,做了一系列的关于毕加索的演讲。经受了多少世纪的压迫终于被解放了的西班牙人民,发挥着欣欣向荣的气概,这使艾吕雅受到深刻的感动。十年前,苏联电影《战舰波将金号》在巴黎演出,艾吕雅在字幕上读到"兄弟们!"这几个字,触动了他心中的人民感情,使他激动到流泪。在人民的西班牙他更亲切地体会到"兄弟们"这几个字的意义。对于艾吕雅来说,这几个简单的字是打开他的心龛、激荡他的感情的一把金钥匙。"兄弟们"触动了艾吕雅的心,使他记起童年、少年时代生活在他周围的那些劳劳碌碌的人的面孔。使他猛省自己并不是剥削阶级出身的;他父亲替别人写账,母亲替别人缝衣。他的心属于所谓"市井细民"——普通的老百姓。因此,佛朗哥对西班牙人民的残暴进攻使艾吕雅感觉到愤恨与悲痛。促使他写了三篇在他一生中划时代的诗篇:《奎尔尼加的胜利》《一九三六年十一月》和《昨日的胜利者一定要灭亡》。这三篇诗初步确定了他的政治态度,因为他从那时候起,逐渐站上人民的立场,认清了人民的死对头是法西斯主义。

一个沉重的幻想使艾吕雅未能及早摆脱布勒东的势力,那就是"超现实主义为革命服务"的骗人的说法。在很长的时期,艾吕雅一直以为革命与超现实主义是可以结合起来的。布勒东之流对西班牙内战,以及一九三八年对"慕尼黑事件"所采取的可耻的"中立"态度,使艾吕雅恍然大悟,不放弃超现实主义就不能真正拥护革命。换句话:要革命,决不能兼顾超现实主义。他这才跟布勒东他们断绝关系。

一九三九年第二次世界大战爆发,艾吕雅又被动员。不过由于年龄关系,他未上前线,在后勤部门服务。一九四〇年法军溃退,艾吕雅起先也跟着逃难的人流,涌向南方,不久即返巴黎——已被纳粹占领的巴黎。面对着占领者的阴险、狠恶，面对着法国人民的痛苦，艾吕雅毫不犹豫地参加抗敌的地下组织"抵抗运动"。这一爱国运动是法共领导的。在第二次大战爆发的前夕，法共已经被法国反动政府逼入地下。在"抵抗运动"中，法共同志永远站在爱国志士们的最前列，因此法国共产党那时被人民尊称为"烈士党"。这也说明党员们前仆后继，激烈斗争之中，遭受了相当重大的损失，同时决未因损失惨重而放松斗争。就在这时，一九四二年春天，保尔·艾吕雅正式参加了法国共产党。应当说：他重新回到了劳动人民的怀抱中，并且从此不再离开。

有两点是非常明显的：第一，在"抵抗运动"中艾吕雅才认识了无产阶级先锋队的真正面目，因此他决定使自己成为其中的一员；第二，祖国和党都在危急存亡、千钧一发的时刻，艾吕雅挺身而出，投入激烈与危险的"抵抗运动"中，他是有决心用自己的鲜血来写作他的最壮丽的诗篇的。

另一件事也深深地教育了他。那一年他所发表的诗集《诗与真理》（一九四二）获得了前所未有的畅销，而且在敌人占领下，出版与销售的条件都非常艰难的情况中，居然获得对于一般的诗集来说是前所未有的广泛流传。不仅如此，那时流亡在伦敦的"自由法国"无线电广播，也大大地利用了《诗与真理》的诗篇,向法国人民做爱国主义的宣传,号召他们起来驱逐纳粹占领者。为了同一目的,当时英国空军把成千册的《诗与真理》空投在法国境内。足见艾吕雅的名字在当时如何地为法国人民,甚至别的欧洲国家的人民,所熟悉,所热爱。《诗与真理》以及稍后出版的《和德国人会面》,普遍地为法国人民,甚至法国以外的人民所传诵。这些诗篇无疑地在法国反纳粹的"抵抗运动"中起了具体的作用。艾吕雅这才完全明白,只有写人民所需要的诗,歌唱人民的心,才会受人民热烈与广大的欢迎。

诗与行动是决不能分开的,甚至是自然而然地不能分开的。艾吕雅入党以后,同志们并没有要求他什么都插手,倒是他自己愈来愈闲不住了。结果,他什么工作都插手,要不让他干,没有他一份儿,他反而不痛快。他积极地、自动地帮着大家写标语,拟传单,张罗着印刷,秘密传递、分发,编辑地下报刊,编辑《抵抗》丛书,甚至筹款、找纸张、拉稿、校对……什么都热心。同时自己抽空写稿,写诗。不仅是文化战线上的工作,其他无论什么,只要有助于"抵抗运动"的工作,他全不推辞。比如设法隐藏被敌追缉的爱国志士,传递消息等。那样,他整个地生活在理想的追求中,也就整个生活在他的诗里。等于他把诗写在纸上以前先用实际行动写了一遍。而写在纸上的诗,那才像歌德所说,无非是值得记录的生活事实的极微小的部分。写在纸上的诗,只是伟大的生命诗篇的微弱的反光。艾吕雅在那一时期感觉到生命的充实,这是他之所以能够终于写出有价值的诗篇来的理由。在一本题为《我为什么是共产党员》的小册子里,艾吕雅这样写:

> 我在一九四二年春天加入了共产党。那是代表法国人民利益的政党,因此我把我的力量,同时把我的生命,永远交给了它。我愿意和祖国人民一起前进,向着自由、和平、幸福,向着真正的生命。

由于他全心全力地参加了实际斗争,对于"抵抗运动"做了一定的贡献,二次大战结束,艾吕雅光荣地获得法国人民给他的"抵抗运动勋章"。二次大战以后,他的写诗的工作更与他的实际行动分不开。在战后,法国的金融资本巨头,跟以戴高乐为首的法西斯势力狼狈为奸,把法国的经济权与政治权逐渐出卖给美国。法国境内常驻有美帝国主义的武装部队。法国虽然是第二次大战中的战胜国之一,但是面对着美帝国主义,法国的命运几乎跟战败的日本差不多。奉行美帝扩军备战政策的法国政府,不惜以耗尽法国人民血汗为代价,长期地进行了侵略越南的"肮脏战争"。最近法国,做美帝走狗的一群财阀、军阀、政客,大部分就是昨日向希特勒扮演卖国求荣的丑剧的老班底。所以卓越的法国和平战士依夫·法奇①曾经喊出"希特勒的战争在继续"的警告。事实上,法国人民反法西斯、反侵略的"抵抗运动"也仍在用与过去不同的形式而进行着。法共仍然是这一运动的核心。各阶层、各方面的法国人民团结在法共周围,逐渐形成一种浩大的群众力量。

法国人民争取独立、自由的斗争,和全世界人民的和平斗争是不能分割的,因此当前法国许多卓越人士都投身于和平运动,艾吕雅是其中之一。他是法国和平运动的主持人之一,法国西班牙协会的主席,法国希腊协会的发起人之一。在这一时期,也就是他一生中最后一个时期,他贡献了很大的力量于国际文化交流工作上。这是

---

① 依夫·法奇(1899—1953),法国最重要的和平民主人士。第二次世界大战前为著名记者。大战时为地下抗敌运动主要负责人之一。战后一度任粮食供应部长。由于竭力反对法国政府附庸于美帝国主义的战争政策,成为法国人民争取和平运动中的最孚众望的公众领袖之一。法国"和平运动"主席。一九五二年曾来我国,并赴朝鲜调查美帝细菌战罪行。一九五三年荣获"加强国际和平"斯大林国际奖金。不幸因车祸身故。《希特勒的战争在继续》是他有名的政治论战小册子之一。

和平运动的重要工作之一。以法国人民的和平文化使者的身份,艾吕雅在他生命的最后五六年间,跑遍了欧洲各国。其间一度出席洛克劳和平会议①,两次访问希腊的革命人民,并且到远远的南美洲去出席墨西哥的和平会议。一九五○年"五一"节,一九五二年纪念雨果、果戈理等文化名人,艾吕雅曾经两度访问了苏联。

艾吕雅正从法国人民爱国运动的积极参加者的身份,逐渐发展为世界人民争取和平的斗争的积极参加者与歌颂者,他的逝世诚然不仅是法国人民的损失,也是全世界爱好和平的人民的损失。

艾吕雅不仅是爱国志士,和平战士,而且还是一个杰出的诗人。苏联名作家爱伦堡在他的悼电中说:"艾吕雅证明了伟大的诗歌和我们这时代的伟大运动是可能结合起来的。"这就是说,艾吕雅的诗的艺术足可以配得上他的作品的伟大主题——爱国主义、和平运动。

任何人的思想意识,不能不决定于社会存在;而在同样的社会环境中,各人所受的影响可能很不一样。时代给艾吕雅的影响是直接的,尤其在晚年他以勇敢的态度

---

① 详见本书124页题注。

接受了时代的影响,他并没有想逃遁与躲闪。这就决定了他是怎样的诗人,决定了他的诗是怎样的诗。

他的诗应当划分为两大阶段:一九三六年以前是个人主义抒情诗的小天地;一九三六年以后他逐步走上十字街头,在他的诗篇中,愈来愈嘹亮地响彻着群众的步伐声。用诗人自己的话来说,从一九三六年以前的"个人的地平线"终于走到了一九三六年以后的"大众的地平线"。

《义务与不安》是他早年的一本诗集的题名,其实一九三六年以前的他的诗,不妨总题为"义务与不安"。因为不知道什么是他的"义务",于是就使他非常"不安"。当然,在没有明确做人的义务以前,是不可能明确做诗人的义务的。一九三六年以前,"义务"对于他一直是一个问号,所有的在那一时期内所写的诗,基本上是盖着这个问号的烙印的。诗人曾用了大半生,四十多年之久,来追求那问号的答案。早在一九一九年,他已经发表了追求"纯洁"的理论:

> 所谓这是"美的",那是"丑的",这种无谓的说法和无谓的偏见,根源在于若干文学时期以来细磨细琢的错误;在于情感的亢奋,以及由此而来的混乱。我们试图保持绝对的纯洁,这是很难的……

使咶舌者满足的可厌的语言,死的语言,我们要压缩它,改变它成为娓娓动听,真正的,在我们之间可以交换使用的一种语言。

他始终相信诗歌的力量,始终相信诗歌是传达情感的利器。他的完全从事于写诗的一生,很显然地证明了一个真正的诗人必然是一个具有不抑制的、几乎和小孩子一般天真的、强烈地希望大家都爱他,同时他也爱大家的这种欲望的人。可是他从一九三六年以后,才逐渐明白这种无条件的"天真"的爱,在人剥削人的社会中是不可能实现的。要实现人间真正的博爱,不是写几首诗就可以办到,而必须让诗歌服务于为了达到这种目的而进行的实际斗争。艾吕雅早年希望用一种"纯洁"的语言,达到一种"纯洁"的境界;到了那儿,人与人之间的感情才能自由流通,不受阻拦,不被歪曲。他不同意于唯美论者无谓地决定"美"、"丑",并且更无谓地认定除了美以外别无目的。到底打算跟哪些人去"交流感情",跟被剥削者,还是跟剥削者?跟劳动人民,还是跟统治者?这些问题也要等他参加了为自由与祖国的独立而战斗的人民的行列以后,才得到解决。

艾吕雅常把呈现在他想象中的许多意象加以精选,加以淘汰,而仅仅保留下最能令人回想起当时情境的

"一弦一柱";通过这样扼要的点触,诗人认为掌握了打开自己的情感之门,同时也是打开读者的情感之门的钥匙。艾吕雅所谓"诗的语言",所谓"纯洁"的内容,除开意象的点触或堆砌,还包着一些别的东西。在一首题为《语言》的诗中,艾吕雅说:

> 我有平易的美,这是可喜的,
> 我在风的屋脊上滑溜,
> 我在海的屋脊上滑溜,
> 我成了富于感情的"语言",
> 我再也不知道谁在领导。

在另一处,他又给"平易"下了定义:

> 我说平易,所谓平易
> 就是忠实。
>
> ——《诗与真理》(一九四二)

无论是意象的铺陈或点触,无论是格调的平易或忠实,均需要服务于表现正确的思想与感情,方始不至于落入空洞的探讨。几个简单的字,一个富于启发性的意象,要能成为打开读者感情之门的金钥匙,必须具备客观的条件。不用说,那就是存在于创作者与人民大众之间的共同的社会条件。也就是两者之间得有某一些息息相关的通同之点。再说得明白一点儿,就是两者之间阶级利益的一致,阶级立场的一致。因此,不朽的名著应当无例外地在当时深深感动过多数的人们,发生过很大的影响与积极的作用。后世的评价是根据当时的影响与效果而定的。

艾吕雅在反侵略的爱国主义运动中,以及在稍后的争取和平运动中,都曾用他的战斗的诗歌,发挥积极作用,收到很大的效果。因为他那时胸中焚烧着人民的感情,所以只要他加以忠实的表现,就是好诗。他那一部分诗歌在法国文学史,甚至在当前的世界文学上的重要地位是完全确定了的。给他确定这样的地位的人,不是少数"专家",而正是人民。全世界爱好和平的人民。

等到艾吕雅明白了打开情感之门的金钥匙必须符合客观的条件,必须以群众的需要为基础,而不能由诗人一味主观,闭户造车,等到他明白了这一点,也就是他开始有了真正的政治觉悟。这已是一九三六年以后的事。从那时起,他开始走上成功的道路。

从一九三六年到一九五二年他逝世为止,这十六年之间的作品,无疑是他一生中所写的最成功、最重要的作品。我们这本"诗钞"所选译的几乎完全取材于这一个时期。按照作品的主要内容,这十余年的诗篇基本上可以用"政治诗集"作为总题名。首先,他歌唱西班牙人民在一九三六至三七年间的反法西斯斗争,对于人民敌人的暴行表示了深刻的愤恨。对于人民的最后胜利,对于美好的来日,表示热烈的希望与不可动摇的信心。①

一九四〇年到一九四五年,法国人民在法共领导下进行了反纳粹的"抵抗运动"。那一时期艾吕雅所写的诗,总的说,与西班牙内战时期的诗在主题上是差不多的。那就是:歌唱人民的斗争,憎恨敌人的残暴,表示坚定的信心。可是由于诗人在那些年头亲身参加了斗争,那一时期的诗与西班牙内战时期的诗,有显著的提高。这儿不再是对敌人的含混的憎恨,而是敌人的血腥暴行与丑恶嘴脸的具体暴露,例如《又愚蠢又恶劣》这一类诗篇;不再是远远地对人民的英勇斗争喝彩鼓掌,而是画出英雄和烈士们的有血有肉的面目来了,例如《合乎人的尺寸》这一类诗;不再是对最后的胜利表示相当缥缈的希望和原则上的信心,而是开始觉悟到人民胜利的必然性,例如在《勇气》这类诗中。总而言之,向现实前进了

---

① 主要地表现于《奎尔尼加的胜利》《一九三六年十一月》《昨日的胜利者一定要灭亡》等三首诗。本诗选未录。

一大步，由比较抽象的概念，比较浮面的情感而进入更具体、更有生命的表现。而这些收获，显然不是空洞地追求形式上的"纯洁"的结果。

以上是指艾吕雅创作生活第二时期（一九三六年以后）的前两个阶段。到了第二期的第三阶段（一九四六年到一九五二年），也就是他一生最后的六年，他的艺术又有显著的提高。当然，这首先表现于诗的内容从爱国主义发展到国际主义与爱国主义的结合。到了那时，艾吕雅的作品里开始表现了一个比较明确而且正确的世界观。在这意义上，试将一九一八年所作的《和平咏》与一九五一年的《和平的面目》对比一下，就可以看出"从个人的地平线上，走到大众的地平线上"，变化是何等巨大而且显著。至于写敌人的凶狠与人民的英勇，可以在一九四九年所写的《寡妇们和母亲们的祷告》这首诗中，看出已经不仅是正义的声援，而且是相当猛烈的战斗呼号。

因此，到了这最后阶段，不但在诗的内容方面，艾吕雅进一步体现了革命的现实主义，即使在形式上，也是他终生作品中最为明朗的部分。此外还有值得指出的一点，就是这一时期的作品中，反映了诗人的广阔的政治视域，从法国国内到全欧洲，从苏联到西班牙与希腊,有关于反对侵略、保卫和平的政治性的事件,往往在他的诗篇里得到回响。显然,这不仅仅是题材广泛的问题,而是充分说明了诗人政治胸襟的阔大与政治热情的丰富,因为他那些诗的内容都相当充实,情感都达到一定的浓度。

尽管一九三六年以前,他的诗的总倾向是唯心的、个人主义的东西,而一九三六年以后的作品则是进步的、革命的作品;尽管前一时期的艺术面目是抽象的、玄虚的,而后一时期则越来越具体、明朗;尽管前后的区别有这样明显,这样巨大,也必须承认后期的艾吕雅的诗,在技术方面,是不可能不从早期的经验上发展出来的。因此也就是前期的诗在技术上做了后期的教训,同时也做了准备;而后期的作品不可避免地受着前期的技术上的影响,无论在好的方面,或坏的方面。但这并不是说,早期的形式主义的影响,在后期完全肯定地被保留下来了。正相反,后期的艺术上的成就,主要是在否定早期的形式主义影响这一斗争上发展出来的。

从很早就开始,艾吕雅专心在日常的语言中,来找寻、提炼他的诗的语言,也就是他所谓"纯洁"的语言。正如讨厌油头粉面、艳妆浓抹的"美人"一样,艾吕雅曾经声明他最不喜欢"诗化"的诗。《恶之花》的作者波德莱尔曾经宣称诗里边打动读者的因素在于"奇特",艾吕雅偏说他欣赏于波德莱尔的地方,倒是他的平凡的方面。艾吕雅认为应当在生活的平凡的一面去挖掘真正的诗;在平凡中发现不平凡,通过平凡表现伟大。平凡的表现使我们的感情更容易接近伟大,了解伟大,接受伟大。平凡的诗句才能最"忠实"地、最"纯"地表达伟大;在这意义上,平凡的诗句是伟大感情的钥匙。艾吕雅甚至说诗的任务就是使"不平凡的事物平凡化",也就是说使人对于异常的事物发生亲切的感觉。因为据他的说法"只有平凡的事物才能深入人们的心;稀罕的事物往往从人们左耳进去,就从右耳出来"。①

事实上,在艾吕雅的最好的诗篇里,可以明显地看出一些日常的字句,手面上的字句,到了他的笔下,就可以发挥钥匙的作用,深深激动读者的感情:

> 巴黎在挨冻,巴黎在挨饿,
> 巴黎街上没有烤栗子吃了……
>
> ——《勇气》

这两句"平凡"的诗,使纳粹占领下过着悲惨生活的巴

---

① 以上各点均见于特桑谛所著的《我们选择了和平》一书。

黎人——尤其是巴黎的所谓"平民",永远是艾吕雅心目中的知音者的"平民"——立刻情不自禁地怀恋起战前的巴黎,尤其是所谓"平民区"。在劳动人民挤挤攘攘的街上,充满着忙碌、热闹与乐观的气氛。冬天,这些街上常有推着装有炭炉的小车卖栗子的小贩,使空气充满烤栗子的令人流涎的香味,使忙碌的行人脸上浮现不知不觉的微笑,因为他们心里好像由于栗子的焦香而增加了些微的温暖。这是多么平凡的生活小景。但是对于生活在敌占区,挨冻、挨饿的老百姓,由这恍如隔世的烤栗子香味的记忆,不能不联想到他们失去了的自由与幸福,因此增加对于侵略者的愤恨。这正是这首诗所要达到的目的。这是艾吕雅写诗的手法的一方面;而这方面的典型的作品,首先应当举出《加勃里埃·佩里》①。

从"平凡"入手,也许不一定是写好诗的唯一保证,真正的保证应当是在典型的环境中,透过典型的事物,抓住典型的情感。不过典型的情感不宜于用滥调来表达,否则一定失去它的典型作用。艾吕雅常常企图通过"朴素"和"平易"来抓住最真挚的情感,用"朴素"与"平易"

---

① 详见本书49页题注。

来提炼"平凡"的题材,使之成为通到不平凡的感情去的钥匙。在他早期的作品中,有时也有一些随手拈来不费气力的妙句。那些拈花微笑,恍惚若有所悟的妙句,也就是他早期作品中最吸引读者的地方;可是那些读者正是一些不进步的群众,不欢迎诗要言之有物,不要求"诗应当以实践的真理为目的"的读者。这也就说明了早期的所谓妙句,也多半是空洞无物的东西。

在另一方面,这些"朴素"与"平易"的笔法,在他后期的作品中,有时也还起了些肯定的作用。例如憎恨人民的敌人时,他用明快的诗句,以斩钉截铁的印象给予读者:

> 什么样的宝石也比不上
> 替无辜的人们复仇的愿望可贵
> ············
> 再没有什么天气能比
> 叛徒们伏法那天早上更晴明
> ············
> 如果对刽子手们宽大
> 世界上永不会有幸福
> ——《宽恕的贩卖者》(本诗选未收)

关于未来以及对未来的信心,他也有他的简洁的说法:

> 我们是我们自己的主人,而我们的孩子
> 将永远是他们自己的主人。
> …………
> 过去是打碎了的鸡蛋,未来是正在孵着
> 小鸡的鸡蛋,现在,那是我的心。
> ——《诗的大路和小径》(本诗选未收)

又如提到阶级友爱,战斗的友谊,他也有一些出色的句子,虽然译文很难完全传达原诗的妙处:

> 替大家工作的时候我是自由的
> 因为我知道自己被各人的光辉笼罩着
> ——《锡珪衣洛思》(本诗选未收)

有时在一首诗中有一句或两句非常突出,可是全诗并不很好。有时一句诗在原文非常精彩,可惜由于法文与中文究竟相距甚远,不易在译文中保存原来的光泽。不过艾吕雅有一些诗篇,因为整首的力量本来很充沛、结实,所以经过翻译以后,也还多少保存原来的生命。例如《自由》这篇尽人皆知的诗。这是艾吕雅最出名的作品,同时也是使他成为法国人民诗人的重要篇章之一。自由恰好使艾吕雅写诗的才能很顺手地发挥了优秀的一面。

就大体说,这首诗的体例是很简单的,甚至相当单调的。所用的"材料"当然完全是手面上的,极"平凡"而且"平易"的事物。可是这首诗技术上的优点,正就在于它的亲切与朴素上。

失掉了自由的人们渴望自由,的确是一种念念不忘,寝食难安的情绪。法国青年批评家克洛德·鲁伊①说得很对,当时艾吕雅考虑如何能将被践踏在纳粹铁蹄下的法国人民渴慕自由的深刻心情,非常有力地,同时又非常亲切地表现出来。终于,他采用了写爱情诗的办法。

> 在我的练习本上,
> 在我的书桌上,树木上,
> 沙上,雪上,
> 我写你的名字。

全诗二十一节零一行,共八十五行,除了最后的一节稍有变化以外,其余二十节反复地说在什么东西上,"我写你的名字"。直到最后的一行,独立的一行,也就是第八十五行,才用所谓"画龙点睛"的办法,点出对象的名字:

---

① 克洛德·鲁伊,法国作家,共产党员。一九五二年曾来我国,参加"五一"节典礼以及四大文化名人纪念会。返国后,埋头一载,写了一本四百余页之《中国的钥匙》,对新中国表示了强烈的热情。

"自由"。这样,使这两个极其平常的字,发挥了出人意料的力量,充分表达了平凡中的不平凡。而全诗各节不嫌其烦,不嫌其单调,念经式的重复,正为了最后一声大呼准备气力,同时深刻地表达了对于自由的极其固执的向往,以及在向望中的迫切与焦急不安的心情。倘如把那首诗的最后两个字:"自由",换成一个人名,一个真正的恋爱对象的名字,那么这首诗就立刻变成了动人的情诗。因为爱情是人人皆同的、强烈与真切的情感,以爱人的心情来表现爱自由的真切,是很容易被人所体会的。比方说,爱祖国如爱母亲,爱光荣如爱自己的眼珠,都是同样的力求真切的表现手法。

效果是这样:《自由》这部诗集一出版,喘息在纳粹铁蹄下的法国人民为之震动,甚至国境也拦阻不住这首平凡的诗的广大而强烈的震波。因为那时法国以及欧洲许多被德、意两个法西斯国家所蹂躏的人民,他们日夜渴想的爱人,不是别人,正就是"自由"姑娘。她是当时千百万人心目中共同的爱人。能够抓住这一点,而加以简单而有力的表现的诗人,不能不承认他是很大的艺术家。

正因为爱人是"自由",是整个民族的自由,而不是毫无代表性的、个别的张三或李四,所以艾吕雅这首诗所起的作用决不同一首简单的情诗,而是伟大的战斗号召。

事实上这首诗也曾成了登高一声万人响应的战斗呼喊,即使诗人并没有写:"杀呀!冲呀!自由万岁呀!"诸如此类的句子。当然,并不能说艾吕雅的办法就是唯一的好办法。但至少在当时当地,《自由》这首诗曾起了极大的作用,这一点是值得参考的。

历史的事实,和他本身作为诗人的亲切体会教育了艾吕雅,终于使他找到了正确的道路:认为诗人必须与人民大众一条心,必须与他们走同一条路,而且深入他们感情,然后才能以最精练的诗句表达诗人自己的感情,也就是人民的感情。只有这样的诗才有存在的价值。在一首歌唱矿工的诗中,他说:

> 矿工同志们,我在这儿对你们说:
> 要不歌唱你们有理,我的歌就毫无意义。
> ——《道德教训集》(本诗选未收)

一九五〇年,艾吕雅被邀请到莫斯科参加"五一"典礼。在那儿,他发表了题为《诗歌——和平的武器》的重要演说,主要地提出了"凡有诗歌均为即事诗"的现实主义的理论。艾吕雅一生对于诗的见解,结论式地归纳在这一篇可以认为是他的"文学遗嘱"的文章里。那是一篇研究艾吕雅的重要文献,我们把原文译录在后,此地不再详细介绍。

从艺术形式上说,他的后期的诗篇也显然日趋明朗。早期的形式主义的痕迹眼看逐步被扫清。但是长期的形式主义影响的残留显然很难短期内洗刷干净。尤其,比方意象的堆砌,以及有些表现方式由于过分单纯化,显得有些抽象,以致妨碍了全诗的明朗性,在后期的作品中这些缺点都或多或少地存留着。这种倾向之所以残留——虽然在程度上与早期作品有了显著的区别,但是一时不能洗刷干净——基本原因仍然是他过分追求"语不惊人死不休",追求一击便中要害的最富于关键性的意象,甚至最富于关键性的一行诗,一个字。由于金钥匙不是那么容易找到,有时最关痛痒的一句话,一个意象,如骨鲠在喉,欲咽不得,欲吐不能,急得诗人在一大堆近似的意象,或含有暗射的意象上打转。因为不能从正面入手把金钥匙抓住,只好不得已而求其次,从侧面加以烘托。

所谓烘托,也不同于一般习惯的烘托法,而是超现实主义的老把戏之一:梦与现实的交错。也就是把一些毫无关联的事物,故意放在一起,使之发生突兀的印象,以及"此中有深意,欲辩已忘言"的奥妙。例如在他逝世前一年发表的比较重要的长诗《畅所欲言》,基本上是一篇

比较明朗的诗,但是其中仍不免有些玄虚的意象:

> 表现成群的手,成荫的树叶。
> 彷徨歧途,没有个性的野兽,
> 肥沃、丰产的河流以及露水,
> 站起来了的正义,牢固的幸福。

在这一节诗里,按照超现实主义的荒谬的看法,问题并不在于前三行如何烘托最后一行的"正义"与"幸福";亦不在于"没有个性的野兽"到底是什么东西,它暗射什么;而在于这些风马牛不相及的意象连接在一起究竟给你一个什么印象。艾吕雅希望给我们的印象,据说不仅是视觉的想象,而且也是听觉的想象;甚至听觉比视觉要重要得多。这一切说明了艾吕雅的形式主义另一个主要错误,就是:诗的音乐性,诗的旋律,和作为诗的内容的思想与感情的逻辑性互相分离、互相孤立,而未取得一致。但他到了后期显然体会到这个严重缺点,而力求纠正。他逐步地寻求形式上的明朗的努力,主要表现在最后的几本诗集中的作品大量采用法国诗传统的格律这一事实上。在这一时期许多诗是用整齐的十二音诗写的。如果他能多活若干年,这种寻求内容与形式的明朗,与两者之间的和谐与一致的倾向,必然会得到更大的成就。一切形式主义的残余势力必得到进一步的洗刷。

阿拉贡非常注意艾吕雅后期的诗逐渐格律化这一事实。在纪念艾吕雅逝世一周年的文章中着重提出这一点,并且认为这是艺术形式上的个人主义的克服。在阿拉贡的提倡之下,目下法国最年轻一辈的进步诗人,正在掀起格律诗的热潮。总之,明确的内容要求明确的表现形式,这是艾吕雅从自己的甘苦中得来的珍贵的体验;同时也是作为新旧两时代过渡时期的桥梁的、伟大诗人艾吕雅所能遗留给受他的影响深而且广的、一群青年诗人的珍贵教训。

在他逝世前一年发表的一首长诗《畅所欲言》中,一开篇他就沉痛地检讨了自己:

> 做着梦,我随便流露出一些形象,
> 我糊涂一生,没有学好清楚地说话。

接着他表示了此后要如何更好地写诗,更进一步地深入生活,和人民生活在一起,斗争在一起。这是对的:要求"清楚地说话",不仅是形式与技术的问题,首先还需要充实内容。可惜他未能像雨果似的活到八十多岁,年寿未允许他完成大志。

即使未竟全功,艾吕雅的诗在法国也还是受到广大读者的欢迎。可见对于当前法国的读者,他的诗仍然是起一定的作用的。下列事实,可以证明。他逝世一年以后,在法国作家协会一年一度的"售书会"上①,他的作品在短短几小时内,销售的价值达一百余万法郎。尤其是诗集,这样畅销是空前未有的。

从另一意义上说,对于艾吕雅的艺术的明朗性,也就是说他作品中所表现的斗争性的强度,似乎不应该脱离法国目前社会情况,脱离法国人民革命现阶段的条件,而用一种悬空的"标准"去要求它。艾吕雅自己也很明白自己的历史任务及其局限性。一九五〇年他在莫斯科所发表的演讲中曾经坦白诚恳地说:

> ……可能在你们眼中,今天法国诗人们的"政治诗"显得既落后于战斗诗的辉煌传统,亦落后于苏联诗歌的惊人的活动范围;那么,你们可以说我们(法国诗人)无非是先驱者——早就在望,然而尚有待于争取的一块土地的先驱者。

---

① 法国作家协会是进步作家的组织。每年组织"售书会"一天,由各作家亲自到场为购书者签名。艾吕雅逝世后,由他的夫人多美尼克和挚友毕加索替他售书。

正如加里宁提到旧俄时代的文学与艺术时所说："那时候艺术的力量是什么？那力量在于：伟大的艺术家们用他们的才能和技巧来表现他们所了解的人民的希望。他们在这一方面的成功是相当大的，因为在他们的时代，他们是俄国社会的进步的代表人物。"[①]诗人艾吕雅的一生勇敢地从"个人的地平线"，走向"大众的地平线"，挣脱了形式主义的艺术的圈套，指出了以诗歌做争取和平的武器的正确方向，他的光辉的范例，定必永远保留在法国文学史上，供后来者，做有益的参考。

艾吕雅的诗，除了极少的例外，一般均无标点。译文如亦不加标点，读者势必无从索解。因此，经过慎重考虑以后，由译者按照原诗意义与文句中的语法关系，加上标点。至于本书注释，除特别声明者外，均为译者所加。

一九五四年二月

---

① 见《艺术工作者必须掌握马克思列宁主义》，新文艺出版社出版。

目　　次

和平咏(一九一八年)

和平咏 …………………………………… 3

诗与真理(一九四二年)

自由 …………………………………… 9

最后一夜 …………………………………… 15

不久 …………………………………… 20

宵禁 …………………………………… 22

饥饿训练成的孩子 …………………………………… 23

谁信有这样的罪行 …………………………………… 24

狼 …………………………………… 25

从里面 …………………………………… 26

和德国人会面(一九四二年——一九四四年)

布告 ……………………………………………… 31
勇气 ……………………………………………… 33
又愚蠢又恶劣 …………………………………… 36
杀 ………………………………………………… 39
写给他们梦中的妇女 …………………………… 41
合乎人的尺寸 …………………………………… 45
加勃里埃·佩里 ………………………………… 49
悲痛的武器 ……………………………………… 52
诗的批评 ………………………………………… 60
挽歌 ……………………………………………… 63
战斗中的爱 ……………………………………… 65
一九四四年四月,巴黎一息尚存 ……………… 67
正当八月天 ……………………………………… 69
关于这次胜利 …………………………………… 72

政治诗集(一九四八年)

斯特拉斯堡,第十一次党代表大会 …………… 77
歌唱爱的力量 …………………………………… 79
希望的姊妹们 …………………………………… 82

纪念保尔·瓦扬-古久里 …………………… 83

在我的美好的市区里 ……………………… 85

今天 ……………………………………… 88

诗应当以实践的真理作为目的 ……………… 92

希腊在先 ………………………………… 95

在西班牙 ………………………………… 97

西班牙 …………………………………… 98

年年"五一" ……………………………… 100

希腊,我的理智的玫瑰(一九四九年)

格拉谟斯山 ……………………………… 105

寡妇们和母亲们的祷告 …………………… 106

人迹不到的山中 …………………………… 108

眼睛太痛苦于所见的一切 ………………… 109

打破孤独 ………………………………… 110

礼赞集(一九五〇年)

约瑟夫·斯大林 …………………………… 115

苏联——唯一的希望 ……………………… 118

第十二次党代表大会 ……………………… 120

用友谊的名义……………………………… *122*

一篇该算的账…………………………… *124*

胜利的人们……………………………… *126*

裴多菲百年祭…………………………… *128*

因为要活而被控告……………………… *131*

畅言集(一九五一年)

善良的正义……………………………… *135*

未来的时代……………………………… *137*

一个诗人的僵化………………………… *139*

一个诗人的激昂………………………… *141*

希望的力量……………………………… *144*

畅所欲言………………………………… *146*

和平的面目(一九五一年)

和平的面目……………………………… *155*

未编集(一九五一年——一九五二年)

给和平运动的代表们 …………………… *159*

佩里、卓娅、柏洛扬尼斯 ……………… *162*

亨利·马丁的信心……………………… *165*

布拉格的春夜 …………………………………… *167*

给雅克·杜克洛 …………………………………… *169*

路易斯·卡洛斯·普列斯特斯 …………………… *173*

附录一

诗歌——和平的武器 ………………… 艾吕雅 *179*

电影《奎尔尼加》的说明 ……………… 艾吕雅 *189*

附录二

艾吕雅的诗 ………………… [苏联]杜波夫斯戈依 *201*

和平咏

(一九一八年)

《和平咏》发表于一九一八年，那时艾吕雅二十二岁。这几首短诗是我们这本诗选中所选录的、早于一九三六年的唯一的作品。参加了第一次世界大战的艾吕雅，一九一八年因为受了重伤，回到后方治疗休养。《和平咏》中流露着一个年轻诗人的天真而真挚的情感：对于战争的厌恨，对于和平生活的热爱。据诗人自己说，这些诗当初发表时，第一次世界大战虽已接近尾声，尚未正式停战。因此这些诗是未经官方审查、批准，擅自出版，在当时是多少带一点反战的鼓动作用的。

原诗十一首，选录七首。原诗无格律。标点按照原文，并非译者所加。

和 平 咏

　　所有幸福的妇女和她们的男人
重新见了面——男人正从太阳里回来，
　　所以带来这么多的温暖。
他先笑，接着温和地说：你好？
　　然后抱吻他的珍宝。

　　全世界的伙伴们，
　　　　哈，朋友！
都抵不上我的老婆和孩子们，
　　坐在圆桌儿四周，
　　　　哈，朋友！

我的孩子很任性——
　　他的怪癖全都发泄出来。

我有一个伶俐俏皮的孩子，
　　他使我笑，使我笑个不停。

　　劳动吧！
我十个手指的劳动和脑力的劳动，
　　神圣的劳动，极艰苦的劳动，
这是我的生活，我们日常的希望，
　　我们的爱的食粮。
　　劳动吧！

美丽的爱人，我们要看看你的乳汁
　　像白玫瑰似的开花；
美丽的爱人，你要快快做母亲，
　　按照我的形象，生一个小孩。

很久以来，我有一张无用的面孔，
　　可是现在呢，
我有了一张可以使人爱的面孔，
　　幸福的面孔。

果木的繁花照亮了我的园子，

照亮美观的树木,照亮果子树。
我劳动着,一个人在园子里,
太阳用幽暗的火焰烧在我手上。

一九一八年七月

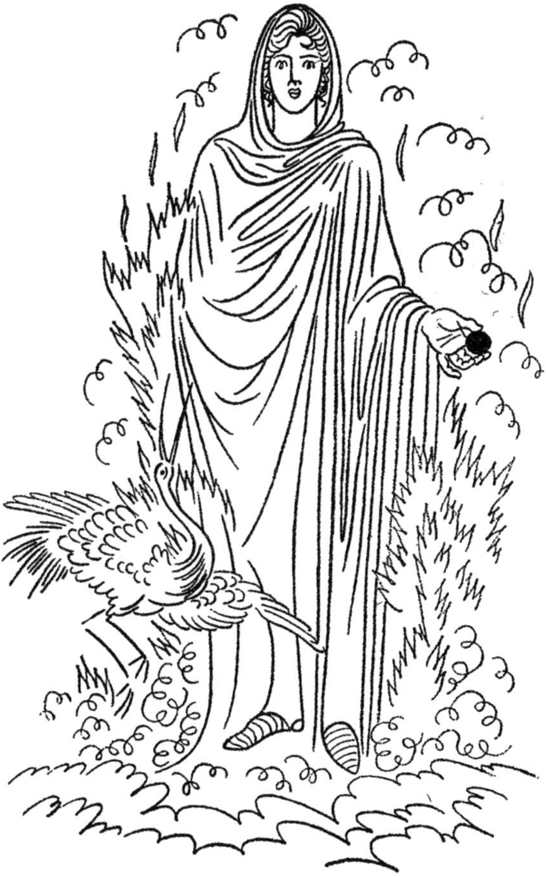

诗与真理

(一九四二年)

这集子发表于一九四二年,其中包括的诗篇,显然不限于一九四二年的作品,也有一九四一年甚至一九四〇年写的。一九四〇年六月,巴黎陷落,纳粹的军队开始占领法国。艾吕雅这些诗里表达了纳粹占领法国初期的气氛。那时,地下抗战活动虽很快地组织了起来,但是尚属萌芽,不够强大。所以那是激烈的地下抗敌斗争展开的前夕,是黑暗蒙蔽了光明、困难多于希望的艰苦时期。不难了解,艾吕雅当时所写的诗反映了周围的恐怖、饥寒、阴沉、悽苦,以及无声的愤怒——老百姓对于占领者的无边的愤怒与不断增长的仇恨。就在那种情况之下,艾吕雅不顾严重的危险,振臂高呼"自由"。这里所选的八篇诗,我们不应当将它们彼此孤立起来,而必须看为一个整体。《自由》诚然是其中的重心,可是如果没有其余的几首诗作为对比和衬托,有机地说明《自由》一诗是在什么背景之下产生的,也就不可能深入体会《自由》这诗的意义。

自　由[*]

在我的练习本上，
在我的书桌上，树木上，
沙上，雪上，
我写你的名字。

在所有念过的篇页上，
在所有洁白的篇页上，
在石头、鲜血、白纸或焦灰上，
我写你的名字。

在涂金的画像上，

---

[*] 原诗格律整齐，每节五行，前四行每行七音，即七个音缀，最后一行四音，即四个音缀。作为全诗结尾的、最后独立的一行"Liberté"，三音，即三个音缀。

在战士们的武器上,
在君主们的王冠上,
我写你的名字。

在丛林上,沙漠上,
鸟巢上,花枝上,
在我童年的回音上①,
我写你的名字。

黑夜的奇妙事物上,
白天的洁白面包上,
在和谐配合的四季里,
我写你的名字。

在我所见的几片蓝天上②,
阳光照着的发霉的水池上,

---

① 童年已邈,而在成人的生活中,有时还多少留下一点余痕,好似遥远的回音。
② 法国十九世纪诗人兰波(1854—1891)有两句诗:
　　人们看见小小的一片深蓝的天空,
　　小小的树枝作为框子。
艾吕雅这句诗是以此为出处的。

月光照着的活泼的湖面上,
我写你的名字。

在田野间,在地平线上,
在飞鸟的羽翼上,
在旋转的黑影上,
我写你的名字。

在黎明的阵阵气息上,
在大海上,在船舶上,
在狂风暴雨的山上,
我写你的名字。

在云的泡沫上,
在雷雨的汗水上,
在浓厚而乏味的雨点上,
我写你的名字。

在闪闪烁烁的各种形体上,

在各种颜色的钟上①,
在物质的真理上,
我写你的名字。

在活泼的羊肠小道上,
在伸展到远方的大路上,
在群众拥挤的广场上,
我写你的名字。

在光亮的灯上,
在熄灭的灯上,
在我的集合起来的房屋上,
我写你的名字。

在我的房间和镜中所照的房间
形成的对切开的两半果子上,
在空贝壳似的我的床上,
我写你的名字。

---

① 钟声(钟磬之声)清、浊、徐、疾,各有不同,而按象征派诗人的说法,种种不同的音调,代表着种种不同的颜色。比方洪亮之声代表大红,清脆之声代表蓝色。

在我那只温和而馋嘴的狗身上，
在它的竖立的耳朵上，
在它的拙笨的爪子上，
我写你的名字。

在跳板似的我的门上①，
在家常的器物上，
在受人欢迎的熊熊的火上，
我写你的名字。

在所有的得到允许的肉体上，
在我朋友们的前额，
在每只伸出来的友谊之手上，
我写你的名字。

在充满惊奇的眼睛上，
在小心翼翼的嘴唇上，
冲破了周围的沉寂，

---

① 打开大门，冲向十字街头，跃入生活，投入斗争，故以门比作跳板。

我写你的名字。

在我的被摧毁了的隐身处，
在我的塌倒了的灯塔上，
我的无聊厌倦的墙上，
我写你的名字。

在毫无欲望的别离中，
毫无掩盖的寂寞中，
在死亡的台阶上，
我写你的名字；

在重新恢复的健康上，
在已经消除的危险上，
在没有记忆的希望上，
我写你的名字；

由于一个字的力量，
我重新开始生活；
我活在世上是为了认识你，
为了叫你的名字：

自由。

最后一夜

一

这个小小的、凶狠的世界,
把刀锋指向无罪的人,
从他的嘴里抢走了面包,
把他的房子一把火烧掉,
掠夺他的衣衫和鞋子,
掠夺他的时间和子女。

这小小的、凶狠的世界,
将死人和活人混在一起,
将言语转变为杂音,
洗白了污泥,宽赦了奸细。

幸亏半夜里十二杆枪,
将平静还给了无罪的人①。
该当让群众来埋葬
他的血淋淋的身体和漆黑的天②。
该当让群众了解
那些杀人犯的弱点③。

二

了不起的事将是轻轻地推一推墙:
推翻了墙就可以抖尽尘灰,
推翻了墙,大家团结起来。

三

他们剥了他双手的皮,打弯了他的背,

---

① 遭受了不堪的酷刑以后,死亡倒成了解脱。"十二杆枪"是由十二个兵组成的执行死刑的排枪。
② "漆黑的天"象征人死了以后,完全失去知觉,失去了脑力活动的作用。
③ 敌人杀害爱国志士,"无罪的人",并不表示敌人力量的强大,而是表示敌人害怕。

在他的脑袋上挖了一个洞,
他就这样受尽了罪,
最后不免一死。

四

美,为幸福的人们所创造的美,
美,你面临着严重的危机。

这两只交叉在你膝盖上的手
无非是杀人犯的凶器。

这张高声唱歌的嘴,
成了乞丐要饭的破钵。

这杯纯洁的奶
变成卖淫妇的乳房[①]。

---

① 本诗前三段歌唱了爱国志士与侵略者之间的激烈斗争。在这第四段,作者严厉地斥责某些"艺术家",他们在那样的严重日子里,居然还有心肠"为艺术而艺术"。他们在"唯美"的假面具之下,实际上做了敌人的帮凶。他们无耻地向敌人出卖他们的"艺术",与职业的乞丐和娼妓没有分别。

五

穷人们在水沟里拾面包,
他们的眼光含着光明,
黑夜里,他们不再害怕。
他们非常荏弱,弱到使自己微笑。
在他们的阴影深处,他们移动身体,
除非通过穷困的生活,他们不再相见。
除非用亲密的语言,他们不再开口。
可是我听见他们和缓地、谨慎地说,
说起一个古旧的希望,和手一样伟大①。

我听见有人在计算
秋天的树叶数不清的广阔,
在静静的海底,波涛如何被铸成。
我听见有人在计算
未来的力量数不清的广阔。

---

① 手虽不大,但是能劳动,能创造。一个希望,初看也许不大,但只要是真正的希望,一定能发展、扩大,一直到成为事实。

六

我生长在一个丑到可怕的门面背后,
我吃,我笑,我在做梦,我感觉可耻。
我曾这样地过了黑影般的生活,
但我同时歌唱了太阳,
整个的太阳,在人们胸膛里
呼吸着的太阳,在人们眼睛里,
流泪以后,纯朴地、晶莹地发光的太阳。

七

我们将黑暗束成一捆柴,掷向火焰,
我们打碎非正义的、上了锈的铁锁。
新的人们快来到,他们不再怕自己,
因为人面兽心的敌人正在消失,
因为他们信任所有的人。

不 久*

世上所有的春天,
要算这一个最丑;
我的一切生活方式中,
有信心的方式最好。

春草掀起了冬雪,
好比掀开了墓石;
我在暴风雨里睡觉,
睡醒来眼睛特别亮。

缓慢的、小小的一段光阴正在结束;

---

* 原作大体上是八音诗(每行八个音缀),有时插入七音的诗行(每行七个音缀),格律不很整齐。

这其间,凡是路都得通过
我所知道的最隐秘的角落,
为的是使我可以遇见某一个人。

我听不见恶魔们说话;
我认识它们,它们什么都已说过。
我所见的只是一些美好的面目,
对于自己有把握的、善良的面目。

他们有把握,不久就要让统治者垮台。

宵　禁*

门口有人把守着,你说怎么办?
我们被人禁闭着,你说怎么办?
街上交通断绝了,你说怎么办?
城市被人控制着,你说怎么办?
全城居民在挨饿,你说怎么办?
我们手里没武器,你说怎么办?
黑夜已经来到了,你说怎么办?
我们因此相爱了,你说怎么办?

---

* 原作是很整齐的十音诗(每行十个音缀)。

饥饿训练成的孩子

饥饿训练成的孩子
老是回答:我吃!
你来吗？我吃!
你睡吗？我吃!

谁信有这样的罪行*

只用一根绳,一个火把,一个人,
勒死十个人,
焚烧一个村,
污辱了整个人民。

温驯的母猫安顿在生活里,
好比一粒明珠在蚌壳里安顿——
谁想到温驯的母猫吞噬了它的小猫!

---

* 这首诗主要的意思是揭露敌人在伪善的外貌之下隐藏狠毒的心。原诗无格律。

狼

白昼使我惊,黑夜叫我怕;
夏天纠缠我,寒冬追逼我。

一只野兽在雪上
放下了爪子;在沙上、污泥里,
它的爪子来自比我的脚步更远的地方;
沿着一条途径,
死亡留着生命的印痕。

从 里 面*

风发出第一声号令,
雨把白昼包得紧。
在这打头的信号下,
我们要睁开白帆似的眼睛。

一所孤独的房子前面,
在温和的墙边,
沉睡的花房中间,
我们凝视着朦胧的灯火。

外面,大地在自暴自弃,

---

* 这一首诗和前面那一首《狼》,比《诗与真理》(一九四二)中任何其他一篇作品,更充分地表现了敌人占领下的法国,是如何地被恐怖与阴惨的空气笼罩着。原作是整齐的八音诗(每行八个音缀)。

外面,死亡的巢穴
滑倒、崩坍在烂泥里。

一朵受伤的玫瑰变成了蓝色。

和德国人会面

(一九四二年——一九四四年)

诗集《和德国人会面》发表于一九四四年。兹据巴黎午夜出版社一九四六年再版增订本选译三十余首中之十四首。这些诗均写于——并且陆续发表于一九四二年至一九四四年间,正当第二次世界大战,纳粹德国的侵略部队占领法国的时候。这是一些用血写成的诗,因为这儿所歌唱的全是血的事实——侵略者的残暴,爱国志士们前仆后继的地下抗战。作者自己也直接参加了这一战斗。

布 告*

他被敌人杀害的前夜
是他生平最短的一夜。
一想起自己还没有死,
他觉得热血焚烧手腕,
全身的重量使他恶心,
全身的力气使他呻吟;
就在这可憎可怖的深渊里
他开始微笑。因为他知道

---

* 一九四〇至一九四四年间,纳粹匪徒占领法国,以法共为首的法国爱国志士们展开了激烈的地下抗战。在巴黎,墙上时常贴有占领者的"布告"。不是宣布"人质"的名单,就是对法共以及一般爱国分子肆行恫吓和威胁。针对敌人的"布告",亲身参加地下抗战的艾吕雅写了这首小诗。这首诗的真正题目应当是"反布告",因为它以志士们不惜牺牲生命与敌人做殊死斗争的决心,来答复了纳粹强盗的"布告"。原作是整齐的八音诗(每行八个音缀),无韵。

并非只有"一个"同志,
而有几百万、几千万同志,
将要起来替他报仇。
于是红日为他东升。

勇 气*

巴黎在挨冻,巴黎在挨饿,
巴黎街上没有烤栗子吃了,
巴黎穿上了老太婆的老衣裳,
巴黎在缺空气的地道车洞里站着睡觉,
穷人们受的罪更不少。
不幸的巴黎,
你的贤明和热狂
是纯洁的空气,是火,
是那些饿肚子的劳动者的
善良的心,优美的态度。

---

* 在纳粹占领的年月里,巴黎沉浸在无比的苦难中。但是苦难压不倒巴黎,巴黎始终是坚忍、沉着的。并且在坚忍沉着的外表之下,向敌人展开无情的地下斗争。显然,这首诗不是痛苦的呻吟,而是战斗的号召。原作无格律。

别喊救命,巴黎,
你充满着无比的生命,
你一双眼睛透露充分的人性,
隐藏在你赤裸裸的、
苍白、瘦削的外貌后面的人性。
巴黎,我的美丽的城市,
你纤细像根针,强硬像把剑,
博学,天真,
你不能忍受冤屈,
对于你,这是唯一的纷扰。
巴黎,你一定能得到解放。
巴黎颤动着像一颗星:
我们仍然活着的希望,
你将要从疲乏和污泥中被解救出来。
兄弟们,鼓起勇气来!
我们既不戴盔,
也不穿靴,不戴手套,不是"顶有教养"①,
我们的血管里亮起一道光,
我们的光明回到我们这一方。

---

① "顶有教养",引号为译者所加,因为这是反话。

我们之中优秀的已经为我们牺牲,
现在他们的血已经流到我们心中。
这又是一个早晨,一个巴黎的早晨,
解放的出发点,
新生的春天的好时光,
愚蠢的武力抬不起头来。
这些奴隶——我们的敌人,
如果他们已经明白,
如果他们能够明白,
他们也快要起来①。

一九四二

---

① 占领军队伍中有许多德国劳动人民的子弟,受了纳粹匪徒的蒙蔽诱惑,胁迫而参加战争。他们也是纳粹的牺牲品。如果他们醒悟过来,应当和法国人民站在一起,反对纳粹。

又愚蠢又恶劣*

有的从里边来①,
有的从外面来②,
这是我们的敌人。
他们从天上掉下来,
他们从地下钻出来,
从近处,从远方,
从右边,从左旁,
穿着绿制服,
穿着灰制服③,
上衣那么短,

---

* 原作是整齐的五音诗(每行五个音缀)。
① 指第五纵队。
② 指侵略军。
③ 纳粹军队穿灰绿色制服。

大衣又那么长，
歪挂着十字架①，
扛着长长的枪，
带着短短的刀；
他们因为有奸细而骄傲，
有一群刽子手而威风，
可是心里很愁闷。
全副武装到地上②，
全副武装到地底③，
互相敬礼，站得笔直，
见了他们的敌人④，
也吓得僵挺而笔直。
肚子里灌满了啤酒，
脑袋装满了月亮⑤。
他们用沉重的声音
唱着皮靴之歌，

---

① 指纳粹的卍字徽。
② 从头武装到脚。
③ 带了武装进坟墓。
④ 指纳粹军官们。
⑤ 糊涂、荒唐的思想。

被人爱戴的快乐,
他们早已忘光。
他们说:"是!"
一切向他们回答:"不!"
听他们说话,满嘴黄金①,
一切变成铅似的灰黯。
可是在他们背后,
一切变成黄金的光明,
一切使人恢复青春。
让他们滚吧!让他们死!
只要他们死,我们就满足。

我们所爱的那些人②,
总有一天要逃回来。
到了新的世界,
端正的世界的
光荣的清晨,
我们一定要照顾他们。

---

① 说得好听,动人。
② 指被囚在德国的法国俘虏。

杀*

这一夜,在巴黎城上,
落下一片古怪的沉静。
这是瞎了眼睛的沉静,
是黯淡无色、
墙上乱碰的幻梦的沉静,
是束手无策、
低头认输的沉静,
多少人都不在了的沉静,
死去了的、苍白冰冷、

---

* 纳粹铁蹄践踏下的巴黎,好像很沉静地在度过她的夜晚。但这只是表面的沉静。在夜的黑影中,地下抗战的勇士们,手执武器,伏在纳粹士兵和军官们出入的路口、门边、墙角,正在狙击敌人。诗中所谓"罪行",是句反话,因为这种杀敌的壮举,正是敌人口中的所谓"罪行",引号为译者所加。原诗无固定格律。

没有眼泪的妇女的沉静。

这一夜,四下无声,
一道古怪的光,
落在巴黎城上,
落在巴黎的善良而古老的心上。
这是预谋的、粗野的、
然而纯洁的、"罪行"的光,
是反抗刽子手、反抗死亡的、
那"罪行"所发的沉暗的光。

写给他们梦中的妇女＊

九十万战俘，
五十万政治犯，
一百万劳工①。

主宰他们睡梦的妇女，
给他们男子汉的力量吧，
给他们活在人间的幸福；
在无边的阴影里，给他们

＊ 这首诗原文格律比较完整，通篇七音诗（每行七个音缀），间或协韵，但皆出乎自然，毫不强求。
① 一九四〇年法国溃败以后，被德国囚禁的法国战俘有九十余万人，此外，共产党人与一般爱国志士被德寇囚禁者约五十万人之多。最后，以贝当为首的维希卖国政府，想以釜底抽薪之计，扼死法国爱国志士们的地下抗战活动，掳掠百万壮丁，押送到德国去做苦工。

充满甜蜜的爱的嘴唇,
使他们忘记痛苦。

主宰他们睡梦的妇女,
少女,妇人,姊妹,母亲,
乳房鼓胀着爱情,
请将我们的祖国给他们,
他们所永远热爱的祖国,
在那里大家都热爱生命。

在这国度里美酒在唱歌,
秋收的庄稼有慷慨的心;
这儿的孩子们全很调皮,
老年人全很精明,
比开满白花的果树还精明,
这儿人们可以跟妇女们谈话。

九十万战俘,
五十万政治犯,
一百万劳工。

主宰他们睡梦的妇女,
黑色的雪花飘在白色的夜里①。
穿过惨白无色的火花,
神圣的曙光拄着白色的拐杖,
在他们的木板囚舍外面,
给他们指出新的道路。

他们的职务就是认识
最凶恶的恶势力,
可是他们坚持不屈,
他们满身都是创痕,
有多少创痕标志着多少品德,
他们必须从死亡手里夺回自己的生命。
主宰他们的睡眠的妇女,
主宰他们的醒觉的妇女,
给他们自由吧!
可是把耻辱留下给我们。

---

① 以雪象征妇女的纯洁;但因她们所爱的丈夫、兄弟或儿子,被囚在德国,她们在哀伤之中,披着黑色的丧服。"白色的夜"在法文俗语中即指失眠之夜。被囚禁的男子们在他们的失眠的长夜里,仿佛看见他们念念不忘的妇女,披着黑衣出现在眼前。

我们可耻,因为我们想到了耻辱,
即使为了消灭它。

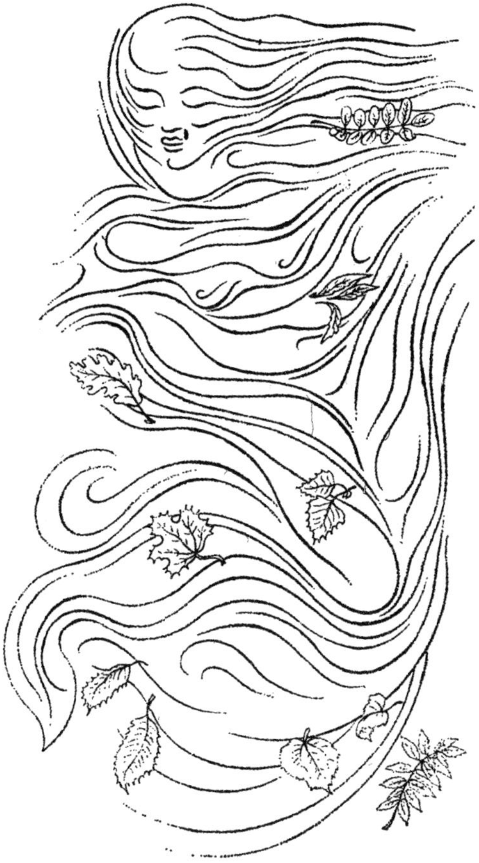

合乎人的尺寸*

纪念法比央上校。并呈洛仑·加沙诺瓦,他对我仔细地谈起了逝者。

他们杀了一个人,

---

* 这首诗是以真人真事作为基础的。关于法比央上校,作者自己给我们写下了下列的介绍:"法比央十七岁就参加西班牙国际纵队。一直战斗到腹部受重伤,他才离开西班牙。过后他担任巴黎市区共青组织的书记。法国被占领的头几个月,法比央就回到战斗岗位上。他到处发出抗敌的信号。直到一九四一年底,他组织了百分之八十的地下抗战活动。

"他是所有'战斗小队'的总参谋长,在战斗中他被一颗子弹打中头部,从这边穿到那边。伤刚刚养好,他被捕了,并且遭受酷刑。他终于逃了出来。巴黎起义,他率领八辆战车,肃清建立在卢森堡公园的、敌人的孤立据点。接着,他奔往阿登高地前线,参加战争。一段十二公里长的火线,需要他守卫。就在那儿,他战死了。

"一九四二年,法比央的父亲被敌人杀害,他的妻子被捕后,押送到纳粹的奥斯维辛集中营。他遗下五个孤儿。"

译者按:法比央和他父亲均为法国工人。这首诗原作并无固定格律。

一个人,一个早先的孩子。
壮丽的江山做背景,
一摊鲜血
像落山的太阳。
这个人周围有妇女、儿童,
围绕着他,像光荣的王冠;
这是整个的人的理想,
为了我们的永恒。

他倒下了,
他的心空了,
他的眼睛空了,
他的脑袋空了,
两只手摊开了,
一声也不哼……
因为他相信
大家会得到幸福;
因为他曾经用各种调子,
来回反复地说"我爱你",
对他的母亲,他的守护者说,

对他的同伙,他的女盟友说①,
对生命说。
接着,他走向战斗,
为了反对残害自家人的那些刽子手,
为了反对敌人的念头。
即使在最倒霉的日子里,
他也珍惜他的苦难。
他的天性热爱生命,
尊敬生命;
他的天性就是我的天性。

只要一股勇敢的劲儿上来,
只要人民的伟大显出来,
"我爱你"的结局就很剧烈。
可是,这句话肯定了生命。
"我爱你",当时是指西班牙,
为了争取阳光而战斗的西班牙。
"我爱你",目前指的是巴黎市区,
以及那儿的天真烂漫的道路,

---

① 意谓忠诚的妻子。

那儿的和气、讨喜的儿童,
以及为了反对罪恶的兵士[①],
为了反对令人恶心的死亡,
所发起的一次袭击。
这是第一道光明,
它照亮了不幸的人们的黑夜。
永远是第一的光明,
永远是完美的光明,
作为联系的光明,
光明的外圈越来越灵动,
越远大,越活跃,
从种子到花,从果实到种子,
于是"我爱你"得到美好的结局,
为了明日的人们。

[①] 指纳粹部队。

加勃里埃·佩里[*]

有一个人死了;他没有别的防御,
除了一双伸向生命、欢迎生命的手臂。
有一个人死了;他没有旁的道路,
只有那条憎恨战争、憎恨侵略的道路。

---

* 这篇朴素而真挚的悼歌,用非常诚恳、自然与平易的笔调,歌颂了伟大。它无疑的是艾吕雅的佳作之一。加勃里埃·佩里(1902—1941)是优秀的法国共产党党员。生前曾任教师,法国众议院议员,众议院外交委员会副主席,《人道报》国际新闻栏主编。一九四一年十二月十五日,被占领法国的纳粹强盗们所枪杀。佩里的绝命书已经成了法共同志们和一切法国的爱国人士所尊敬、珍爱和永志不忘的纪念碑式的文献:"但愿我的朋友们知道我是始终忠于我生平的理想的;但愿我的同胞们知道我为了法国的永存而赴死。我做了最后一次的内心检查,结果是肯定的。这一点我愿意大家都知道。假如我能重新开始我的生命的话,我还是要走同样的路。今夜,我几次地想起亲爱的保尔·瓦扬-古久里那句理由充分的话,就是说共产主义是世界的青春,共产主义在准备一个充满歌声的明天……"这首诗原作无格律。

有一个人死了,可是他继续斗争着①,
为了反抗死亡,反抗遗忘。

因为他的一切愿望
过去是我们的愿望,
今天仍是我们的愿望。
但愿幸福成为光明,闪耀在
人们眼睛的深处,心的深处,
成为人间的正义。

有一些词,它们使人能够生活,
那是一些纯洁、天真的词。
比方"热",比方"信任",
"爱","正义"和"自由",
比方"儿童",比方"和善",
比方某些花的名字,果子的名字。
比方"勇敢"这个词,"发现"这个词:
"兄弟"这个词,"同志"这个词。
再像某些地名,某些乡村的名字,

---

① 意思说,他虽然牺牲了,他的斗争被同志们继续着。

某些妇女的名字,某些朋友的名字。
在这些名字中,让我们加上"佩里"。
佩里牺牲了,为的是使我们活下去。
让我们亲密地称呼他,他的胸部洞穿了①。
可是全仗他,我们彼此增加了认识;
亲密地互相称呼吧,他的希望没有死。

---

① "亲密地称呼他",原文直译应当是:用"你"称呼他。意思说,不用"您"。佩里牺牲于敌人的枪弹之下,所以说"他的胸部洞穿了"。

悲痛的武器 *

对父亲说：

---

* "悲痛的武器"——人格化了的"悲痛"手中所执的武器。"悲痛"在这儿是名词，不是形容词。原诗并无固定的格律。
这篇长诗也以真人真事作为基础。作者自己详细注释道："在这样的或那样的情况之下，诗总是以真实的事物作为凭借的。我愿意说明我这篇诗是受了何种剧烈的事件的启发而写成的。

"一九四二年四月，亚尔萨斯省的一个十七岁的中学生，吕湘·勒格洛，在布丰中学示威运动之后，被逮捕了。同年六月'法国政府法庭'（维希傀儡政府——译者）判了他无期徒刑，接着把他交给纳粹秘密警察。在他被拘禁的时期，一直到他被判死刑为止。德国人认识了他的智慧、文化修养，以及对音乐与绘画的无可置疑的禀赋。这其间，他的父亲和哥哥也被捕了，并且直接送到鲁曼维尔炮台上，打算去和一百来名"人质"同一天枪决。幸亏父亲有一个政界的朋友立即出面营救，他们才奇迹一般地保全了生命。

"至于我那位少年朋友，遭遇可就不同。他一明白没有挽回的余地之后，在德国人的法庭上高声宣布了他的信念，他对于法兰西祖国的钟爱，并且承认了他所做的、使我们的敌人遭受损害的一切行动……于是，仿佛德国要表示宽宏大量似的，戈林赦免了他……终于，德国是毫不留情的，就是那个戈林，在几天之后，下命令将他作为'人质'而枪杀了，德国人为了想叫他招供同谋者的名单，所以故意把他折磨于希望和绝望的、残酷的两可之间……"原诗并无固定格律。

废墟里的爹爹,
戴着洞穿的帽子,
两只眼睛往里凹,
满肚子的怒火,
满天的空虚①,
你是只能活得很老的老鸦,
你曾经梦想幸福。

废墟里的爹爹,
你的儿子死了,
被人杀害了。

爹爹,你的名字是仇恨,
你,惨痛的受害人,
你和我是两次大战的战友,
我们的生命受人宰割,
鲜血淋淋,怪难看的。
可是我们发誓,

---

① 暂时失去一切希望。

不久就要拿起刀子。

爹爹,你的名字是希望,
大家的希望,
到处存在的希望。

母亲说话:

我曾经在我们的誓言中盖了三座庄院,
一座给生命,一座给死亡,一座给爱。
在我的善良幸福的生活中,
有一些琐屑可怜的苦楚,
我把它们隐藏起来,好比珍宝。

我曾经在温情中织成了三件长袍,
一件给我们俩,两件给我们孩子。
那时我们有同样的手,
那时你想着我,我想着你,
那时我们使大地更美丽。

我曾经在夜里数了三盏灯火①，
一觉醒来，什么全一片模糊：
儿子、希望、花、镜子、眼睛和月亮，
平平淡淡的男人，说话倒很明朗，
不很漂亮的妇女，手指倒很灵活。

突然，眼前一片沙漠，
在黑暗中我迷失道路。
敌人已经出现！
剩下我，孤零零的骨肉，
剩下我，孤零零的爱。

她的儿，那孩子……

那孩子，很可以撒个谎，
然后拔足跑掉。
软瘫瘫的平原，没法越过，
那孩子不喜欢说谎。

---

① "三盏灯火"象征三个希望。母亲希望丈夫、儿子和她自己都幸福。但是忽然儿子被捕，不久被杀害，她的希望变成一片模糊，剩下的只有她和她丈夫两个平凡的，然而朴实而勤劳的人。

他的惊人举动,他全嚷了出来。
他用真实的情况,
用真理,
好比一把剑——最高的法律,
跟刽子手们对抗。

刽子手们任意报复,
把他在死亡线上折磨了许久:
希望,死亡;希望,死亡……
故意先赦免了他,终于又将他杀害。

他们残酷地对待他,
他的脚,他的手被折断,
公墓的看守人这样说。

只要一个思想,一个热情①,
就使悲痛有了它的武装。

战士们流着烈火般的血,

---

① 这个思想,就是反抗侵略者;这个热情,就是奋起斗争的热情。

他们一定实现世界和平。
工人们,农民们,
战士和群众合在一起。
为了更好地打击敌人,
这是何等了不起的理由!
战士们好比许多溪流,
流遍干旱的田野;
或者用兴奋的翅膀,
拍击着阴沉的天空,
为了消灭侵略者的
世界末日的"道德"。

爱有多大,恨就有多深。

战士们符合大家的希望,
符合生命的意义,
符合共同的诺言,
符合要求战胜的热情,
符合挽救敌人所造成的
一切灾祸的热情。

战士们完全合我的心。
这一个人想起死亡,
那一个不去想它;
这一个在睡,那一个不睡,
不管怎样,他们在做同样的梦:
解放自己。

个人无非是全体的反映。

有些人是沉郁的,另一些是赤裸的,
歌唱着他们的幸福,咀嚼着他们的痛苦,
寻味着他们浑身的力量,
要不就像飞翔一般轻快地歌唱。

通过千万人的梦,
通过千万自然的道路,
他们远离了各人的家乡,
可是家乡一直活在他们心里。
多少空气通过他们的血液①,

---

① 大致的意思是:多少日月,流过了他们的生活。

他们的家乡可以变成
真正的"奇境",
变成纯洁无疵的地方。

在人人共有的天空底下
在平坦统一的大地上,
有些不愧为男子汉的"叛徒"。

在这个成熟的果子里,
太阳好比一颗纯洁的心,
整个的太阳属于大众。

所有的人也属于大众,
整个地球和时间,
幸福存在一个整体中。

我说我所见到的,
我所知道的,
全都是真实的事。

诗的批评[*]

火红的太阳惊醒了树林,
躯干,手,叶子,心……
和花似的一束幸福,
纷杂,轻快,融洽,甜蜜;
和树林似的一大群朋友
聚集在暖阳照红的树林中——
树林底下的绿水泉边。

加西亚·洛尔迦①被人杀害了!

---

* 这首诗为三个被法西斯杀害的作家提出有力的控诉。全诗分三段,每一段前七行表现出有关的那一个作家生前的生活环境和气氛。每段的最后一行诗突然喊出作家遇害的消息,好似一声惊呼,好似平地一声雷,和前面七行诗中的生活的气氛,美梦的色调,成为有力的反衬,惊人的撞击。原作基本上为八音诗(每行八个音缀),有出格处。

① 详见本书译者序第3页注①。

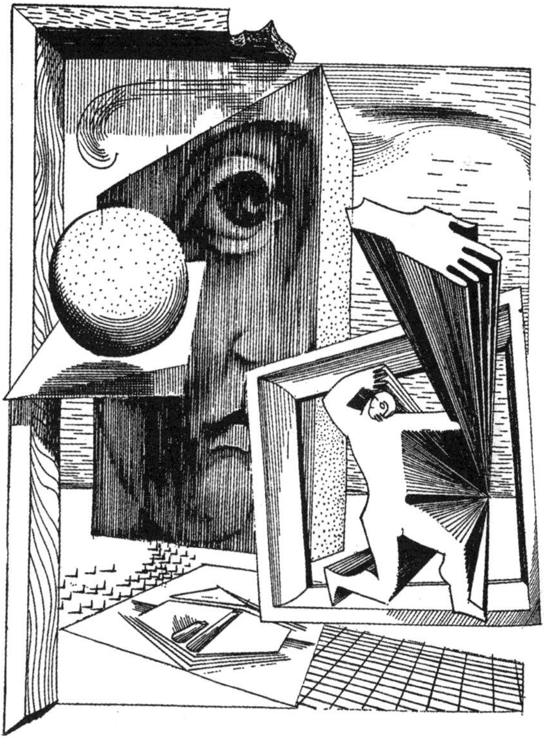

一家人，一条心，
亲亲密密地把日子过。
一个很小的孩子没眼泪，
两只眼睛像两洼静水。
未来的光明
一滴一滴将人灌满，
一直滴到透明的眼皮。

圣-保尔-鲁①被杀害了，
他的女儿受了酷刑！

冰冷的城，千篇一律的路角。
我在城里梦想正在成熟的果子，
梦想整片的天，梦想着大地，
好比在没完没了的游戏中，
层出不穷的、初次的发现，
没有光泽的石头，没有回声的墙，

---

① 圣-保尔-鲁(1861—1940)，法国诗人，被纳粹匪帮毒毙，他的女儿和女仆均遭蹂躏。

我含着微笑,回避它们。

德古尔①被杀害了!

---

① 德古尔,法国作家,地下抗敌的积极参与者,《法兰西文学报》的创办人,一九四二年被纳粹占领者杀害。

挽　歌[*]

兄弟们,朝阳属于你们,
刚从地平线上涌现的朝阳;
这是你们最后的朝阳,
最后的朝阳照着你们躺下。
兄弟们,这是我们的朝阳,
朝阳照在我们哀痛的深渊上。

同样的愤恨,同样的心,
兄弟们,我们和你们难拆难分。
我们要使这朝阳万古长存。
朝阳,它照耀着你们的坟,

---

[*] 原题用西班牙文,意为"埋葬和沉默"。原作是整齐的七音诗(每行七个音级)。

半边儿白,半边儿黑,
这半边是希望,那半边是绝望……

仇恨从地底下钻出来,
仇恨战斗着,为了爱。
仇恨回到尘土中,
它满足了爱的要求。
爱的光辉照亮大白天,
希望永远活在人间。

战斗中的爱*

一棵小花要出土,
咚咚敲着大地的门。
一个孩子要出世,
咚咚敲着母亲的门。
这是雨水和太阳,
跟着孩子一起生,
跟着小花一起长,
跟着孩子一起开花。

我听到说理和欢笑。

---

* 原诗共七首,兹录其一。主要写生命的力量和摧残生命的恶势力的斗争。原诗无格律。

要让孩子吃多少苦,
有人心里先有了数。
干这许多可耻的事,他们偏不呕吐,
让人流这许多眼泪,他们偏偏不死!

脚步声走进了大门洞,
黑暗、麻木、可憎可恶的大门洞;
有人来挖掘小花,
有人来糟蹋孩子,

用了贫困,用了厌倦。

一九四四年四月,巴黎一息尚存*

我们向着忠诚的河流①走去,无论河水,无论我们的眼睛,都不抛弃巴黎。

并不是小小的城,而是孩子气的,又是慈爱的城市。

城市,横穿着一切,好比一条夏季的小径,到处是花和鸟,好比深深的一吻;到处是笑容满面的孩子,和荏弱的母亲。

并不是成了废墟的城市,而是复杂的,一点没有遮掩

---

* 一九四四年四月,巴黎的人民盼望所谓"第二战场"的实现,盼望祖国的解放,几乎盼得精疲力尽了。幸亏在东线,红军势如破竹,节节胜利,逐步逼近纳粹的巢穴,德国的本土;同时在法国内部,英勇的法共同志们所领导的游击队与义勇军,加紧敌后的袭击,这一切,给"一息尚存"的巴黎,以最后胜利和近在眼前的解放的确信。"第二战场"在两个月以后,一九四四年六月六日才实现。巴黎终于在同年八月二十四日,在市民起义中,驱逐了残余的纳粹,得到解放。原作为散文诗。

① 指塞纳河。

的城市。

这城市在我们手中终于挣脱了束缚,在我们看来像已经见过了的眼睛,这城市被人反复地说述,像一首诗。

依然如故的城市。

古老的城市……城市和人之间,相隔不到一墙之厚。

透明的城市,纯洁的城市。

孤独的人和荒凉的城之间,相隔只有一面明镜。只剩下一座城市还有人的颜色,还有土地和肉体,鲜血和精液①。

在水面游戏的阳光,在地上消灭的黑夜。洁净的空气的节奏比战争更为强烈。伸着友谊之手的城市,它使大家欢笑,使大家愉快。模范的城市。

谁也不能毁坏那些桥;桥引导我们到睡眠,从睡眠到美梦,从美梦到永恒。

不朽的城市,我在那儿亲身经历了我们对于死亡的胜利。

---

① 草木的精液。

正当八月天*

正当八月天,一个色调柔和的星期一傍晚,
一个星期一的傍晚,云高天晴,
巴黎像一个新下的鸡蛋似的清新。
正当八月天,我们这儿竖起防御工事,
巴黎勇敢地露出她的眼睛,
巴黎勇敢地高喊胜利,
一个星期一的傍晚,正当八月天。

既然大家全懂得了光明,
这晚上,天怎么还能黑?
既然希望从街巷的铺石上涌现,

---

* 一九四四年八月十九日至二十四日,巴黎市民起义,响应在诺曼底登陆的联军,驱逐纳粹,得获光复。这首诗很好地表现了当时起义者的心情。原诗无格律。

从人们额上,从高举的拳头上涌现①。
我们要把希望,
我们要把生命,
一定要那些丧失了希望的奴隶接受。

正当八月天,我们不去想冬季,
就像忘记侵略者的"礼貌"一样,
他们向穷困,向死亡致深深的敬礼,
我们忘记冬季,就像忘记耻辱。
正当八月天,我们得节省弹药②,
我们有理由这样做,理由就是我们的仇恨。
这是无足轻重的间断,万不可缺的间断③。

多么高兴,我们还活着!一想起兄弟们
为了我们的自由而牺牲,又多么沉痛!

---

① 法共同志互相敬礼时,高举着拳头。
② 巴黎起义的市民为了等待友军大队来到,里应外合,所以需要适当地节省弹药。
③ 这行诗原作意义不易明确了解。大致说为节省弹药,起义部队向敌人的攻打不得不暂时间断一下,以待与外援会合,做最后的、决定性的攻击。

自己要活,使别人也活,是我们大家的心愿。
夜①已经来临,那是我们所梦想的明镜。
夜已经过了一半,半夜是夜的光荣点。
今天,我们大家在一起就快战胜黑暗②,
一想起来使人感觉幸福,也使人哀痛。

一九四四

---

① 这儿所说的"夜"是指解放的前夜。
② 这一行原诗直译应当是"今天,我们大家在一起已经置黑暗于危险的境地"。艾吕雅写这首诗的时候,巴黎尚未完全为起义的市民(主要是法共领导的游击队)所掌握,残敌(纳粹)尚在负隅;但是敌人已处于绝境,肃清只是时间问题。而那一夜,无论如何是巴黎光复的前夜,这一点在当时已是毫无疑义。

关于这次胜利[*]

我们所收复的城,
是一些奇怪的城。
我们所战胜的兵士,
是一些奇怪的兵士。

这些人跟我们一样都是人,
而他们却和别人过不去。
他们曾经要把我们这苦难的世界
紧紧地封锁起来。

我们已经瞧够了

---

[*] 原诗是整齐的六音诗(每行六个音缀),无韵。

他们和他们的"威严"①,
他们的粗壮和愚蠢,
以及他们的凶险。

那些头子们戴着黑暗的王冠,
他们什么也不明白,
他们只会讪笑被他们残害的人,
其实这些被害者比他们力量强。

他们自以为是人,
好比一个发疯的孩子,
可能自以为是孩子;
这些死者②早知道活不了。

这些死者早就要求死亡,
这些死者早就要求坟墓。
他们倒退着行走,
拍合死亡的脚步,

---

① 引号为译者所加。这里所谓"威严"是含有讽刺意义的。真正的意思就是说敌人的横暴。
② "死者"指第二次世界大战中被消灭的法西斯匪徒。

一边反对广大的群众,
反对古老的希望,
这希望将使我们
从仇恨中永远得到解放。

      一九四五年五月

政治诗集

(一九四八年)

《政治诗集》出版于一九四八年,阿拉贡序。这是一册薄薄五十余页的诗集,可是作者用沉重的心情、严肃的格调写下这些诗。艾吕雅失去了十七年来过着和谐的共同生活的妻子,透过了逝者的音容,克制着深沉的哀痛,更真诚深刻地肯定他的新生:"从个人的地平线到大众的地平线"(《政治诗集》第一部分的标题),和阶级弟兄们携起手来,为了大家的幸福的将来做斗争。

斯特拉斯堡,第十一次党代表大会*

给娅乃德·韦美好①

"代表大会",这名词多么天真纯朴、巧妙!
这是指那么多生气勃勃的面孔
混在一起,好比麦粒,为了烤滋养的面包,
为了新的麦粒,从充满着爱的大地中抽芽。

我在这里寻找生活,大家的生活,
使我个人苦痛的生活得到慰藉②。

---

* 原作为整齐的十二音诗(每行十二个音缀),无韵。
① 娅乃德·韦美好,是法共总书记多列士的夫人。她本人也是法共中央委员。
② 法共十一次党代表大会召开于法国东北境名城斯特拉斯堡,时为一九四七年六月二十五日左右。艾吕雅出席了那一次会议。那时,诗人所热爱的妻子女须逝世不久(卒于一九四六年十一月二十六日),他在沉痛的回忆中挣扎着过日子。参加这样的集会,帮助他克服个人的哀痛,看见阔大的天地——党的生活和斗争。

这里，我有把握和优越的条件，
希望活在世上为了赞美那么一天：

那时个人与众人之间不分界线。

歌唱爱的力量*

在我所有的忧虑中,在死亡和我,
以及绝望和生命的理由之间,
存在着所不能接受的、人间的
不平,人间的不幸和我的愤怒。

有西班牙血一般红的"莽原"①,
有希腊天一般青的"莽原";

---

* 悼亡之作。女须,艾吕雅的爱人,在二次世界大战期间和一般法国人民一样,受尽了折磨;停战后一年多(一九四六年),就病逝了。女须在一九四二年和艾吕雅一同参加了共产党,她对于美好的将来的梦,遗留给艾吕雅,成了一种力量,积极的力量,"爱的力量"。原作为整齐的十二音诗(每行十二个音缀),无韵。
① "莽原",为二次世界大战时法国抗敌游击队隐伏之处。因而泛指一切反帝、反法西斯的人民游击武装。"莽原"一词,本为地中海科西嘉岛上,草木丛密的山谷与旷野的专称。那些地方,往往出没着与统治者们的"法律"为敌的、挺身而出的汉子。

把面包、鲜血、天空与希望的权利，
给所有憎恨罪恶的清白的人们。

光明总是那么容易熄灭，
生活总是容易变成粪土；
可是春天再生了，不会完结，
嫩芽从黑暗中迸发，天已经热定。

而且热天一定战胜自私者，
他们虚弱的官能没法抵抗；
我听见火说话，同时温暖地笑，
我听见一个人在说，他没有受痛苦①。

你，曾经是我的肉体的良心；
你，创造了我；你，我永远的爱；
你当年不能忍受压迫与侮辱；
你歌唱，一边梦想着人间的幸福。

---

① 好比一个好强的孩子，强忍着眼泪说他"不哭"，在丧偶的深沉的哀痛中，艾吕雅自己鼓励着自己，竭力克服悲哀的消极作用。

你梦想了自由,让我作你的后继。

　　　　　　一九四七年四月十三日

希望的姊妹们

希望的姊妹们,哦,勇敢的妇女,
为了反抗死亡,你们订立了公约:
具有爱的优秀品质的人们,团结起来。

哦,死里逃生的姊妹们,
你们冒着生命的危险,
为了让一般的生命最后胜利。

不久就有那么一天,哦,伟大的姊妹们,
那时我们要嘲笑"战争""穷困"这类词;
过去使我们痛苦的一切,一点儿也不让残留。

每一张面孔都要得到应得的抚慰。

纪念保尔·瓦扬-古久里[*]

我住在夏拜尔区①,
我们小组的刊物名叫
"街上的朋友们对你讲话"。
它不是卖的,是给大家分送的,
我们只需花费一点儿时间。

我的心和"街上的朋友们"在一起。
他们跟我谈,他们鼓励我
做一个街道上的人②。
由于友好,由于愿意团结有力量,

---

* 关于保尔·瓦扬-古久里,详见本书译者序第9页注①。原诗无格律。
① 巴黎市内区域之一。
② "街道上的人"意谓普通的老百姓。

一个人可以成为千万人。

在我们街上,过路人有同样的心事:
全希望少受些不幸,他们都爱
同样的事物,我的心和他们在一起,
我的心整个在他们清白的心中;
我知道这些,我替他们发言。

他们也替我说话;我们说同样的话。
我们这条街通向别的街,别的人,
别的时代,也通向你的时代,
保尔·瓦扬-古久里,你生前像我们;
对我们,你宣誓;对你,我们也宣誓:

必须有一天使生活更美好。

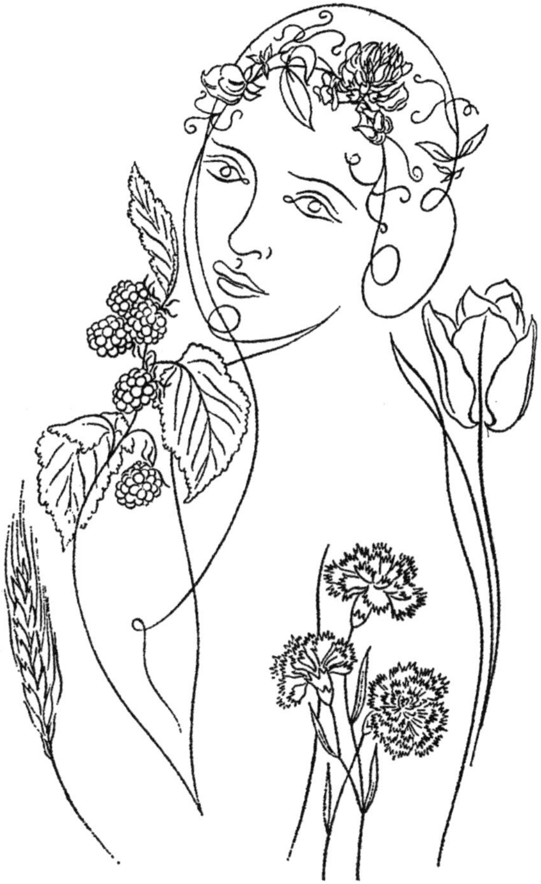

在我的美好的市区里*

打开夜的门户,无异于梦想打开大海的门户。浪潮势必冲走这个大胆的人。

在人这方面,却是门户敞开的。人的鲜血和苦水交流,而人的生活的勇气,不管多么穷困——正为了要战胜穷困而活下去的勇气,在泥泞的街道上闪闪地发光,使许多奇迹因而产生。

住在巴尔拜斯和维来特①之间并不是很理想的。我从来没有抱怨。过去为了使自己感到无聊,我才到别的地方去,于是我的愿望就没有限度了。难道我那时真正

---

* 原作为散文诗。
① 巴黎市内地区。巴尔拜斯同时是巴黎地铁一个车站的名字,离艾吕雅夏拜尔区(见本书83页注①)的住所很近。

有使自己陷于无聊的需要吗?难道真正需要暗暗地怀着耐心等候寿命告终的希望而到海岛上去吗?① 我曾经这样设想,因为那时我不认识自己。我的青春有点儿使我害怕。

在我的美好的市区里,在巴尔拜斯与维来特之间,生活是光荣的。幸福很可以到处有它的位置。唯一的阻碍是时间,死的时间。在彻底的黑夜来到之先,在躲躲闪闪的黑夜里,人们能否看见,有没有时间看见,有没有时间自己弄明白?②

在我的美好的市区里,有些人不断地获得处理自己的事务的权利——可是他们并不处理——,获得使自己美观的权利——而他们一照镜子就耸肩③——,获得责罚与宽恕的权利,休息的权利,爱与被爱的权利,因为他们理应享受这些权利。他们明白他们的街道并不是死胡同,并且他们拼命伸出手去,为了跟那些和他们一样的人

---

① 艾吕雅年轻时(一九二五年左右)曾悄悄地跨上海轮,到澳洲等地去漫游了一番,结果,据说是"一无所得"地回来了。
② 从小就生肺病,一生中曾经数次长期疗养的艾吕雅,自然不免有不寿的预感。但是,他在"彻底的黑夜"(死亡)来到之先,终于有工夫把自己弄明白了:他走上革命斗争的光明道路。
③ 西洋人耸肩,相当于我们噘嘴,表示无可奈何,或轻视与不满之意。

团结起来。

在我的美好的市区里,抵抗力是爱,是生活。妇女、孩子是宝物。命运是个小瘪三;到了盛大的一天①,我们要把这个小瘪三的破烂衣服、臭虫、虱子,以及他的贪婪的坏习气,一把火烧个干净。

---

① 革命成功,劳动人民得到解放的一天。

今　天[*]

面包铺并不是用白面包砌成的①，
街道上也照不着足够的阳光。
最小的咖啡店
很少能让人喝个大醉②；
他们待人很不和气，

---

* 《今天》初次发表于一九四八年二月十二日的《法兰西文学周报》。那时，法国从纳粹的铁蹄下解放出来已经三年有余，但是人民的生活不但丝毫没有好转，而且更甚的贫困和新的灾祸在等待他们。因为二次世界大战一结束，围绕在戴高乐左右的一群法国资产阶级的代理人，一群反动的政客们，篡夺了政权，将法国出卖给美国，做了"马歇尔计划"的牺牲品。《今天》用一条街道的"灰色"，来象征当时全法国人民生活的不幸，表达人民的愤懑。原诗无格律。

① 战时面包铺没有白面包，只有灰黑色的面包，到了一九四八年，还是如此。

② 咖啡店不肯将好酒沽给座客，以便重价卖给黑市，不是很有钱的人很少有机会开怀畅饮。

虽然赚钱很多,可是态度坏。

灰色的街道,黯淡的面包铺,冷清的咖啡店。
辛酸的嘴,愁眉不展的脸,
三个行人,匆匆忙忙回寓所。
什么寓所,我闯进去看过,
我知道那是黑洞洞、阴森森的——
我们的住处可真是太不像话。

灰色的街,这儿的道德像喝一杯卤水,
在我们这条街上,幸福没有立脚的地方,
灰色的街——有病的臂膀上一条灰色的脉管。
在街上,人们尽可能少吃、少喝,少走动,
大家在烟灰底下,在生活的厌倦中生活。

尘雾的街,概念的街,空无一物的概念;
街上却时常有卡车压死骑车的,压死小孩①。
这是一件大事,在街上看见鲜血,

---

① 美国占领军的军用卡车随便压死人,已成了法国当前进步文学作品中常常出现的题材之一。

看见在泥泞中一个活人如何变化……
看他在枯萎之前,如何发青!

太阳。我没有被晒的危险,我无非提到它而已。
随便提起,算不了什么:水、煤气、电……
如果吃个饱,那就更光辉了。
至于皮肤晒成健康的棕色,想吃什么有什么,
我连提都没有提。

居然还曾经有人唱"光荣的上帝",
有人赤裸裸地相爱,不着边际。
享受的生活还有什么诗意作屏障?
让我们打倒这屏障!
让我们在这不堪的世界上先站住脚,
在那儿,大家老是借别人的嘴微笑。

疲倦使我们变成蓝色①,可不是天蓝。
五月给我们些布施,

---

① "变成蓝色"是一句意义双关的口语,它的含义可以有:消失,不值一提等。

白丁香和铃兰都给我们些布施。
可是我们的女人也变成了蓝色,
虽然她很热情地爱我们——
爱也要爱得聪明。

我们曾经在泉边,现在大海也不远①。
我知道——但愿大家全知道,罪已经受够,
我们不愿意再挨冻,
无论冻在骨头里,冻在思想里。
旗帜鲜明地反抗祸患!用了幸福反抗横暴!
什么全永存,什么也不永存,我们是我们。

我们一定连根拔起这条无用的街道,
把它掷到统治者们的神庙里,
让它在那儿神志不清地死亡。

---

① "我们曾经在泉边",指二次世界大战时期法国人民地下抗战运动的胜利;"现在大海也不远"暗示人民民主力量最后的胜利,也绝不是很遥远的事。

诗应当以实践的真理作为目的[*]

给我的苛刻的朋友们①

如果我告诉你太阳照在树林里
活像一个横陈在床上的肚子,
你信我,你赞同我的一切愿望。

如果我告诉你下雨天清脆的叮咚
老是响彻在爱情的慵懒心情中,
你信我,你会延长爱情的时间。

---

* 原作是整齐的十二音诗(每行十二个音缀)。
① 所谓"苛刻的朋友们",他们单纯地欣赏转变以前、开始进步以前的艾吕雅,超现实主义的艾吕雅,而对于转变了态度以后的、进步的艾吕雅,爱国诗人、和平战士的艾吕雅,则加以否定和打击。本诗前四节是反面文章:诗人对于自己早期的唯心的、形式主义的诗句加以讽刺,同时也嘲笑了专门欣赏这一套把戏的"苛刻的朋友们"。

如果我告诉你,我的床架子上边
一只鸟儿在做窝,它永远不说是,
你信我,你分担我的不安的情绪。

如果我告诉你在一湾泉水深处,
转动着河流的钥匙,半开了绿野,
你就更加相信我,你明白吗?

可是,假若我直截地歌唱整条街,
整个祖国,好比走不完的一条街,
你就不信了,你宁愿走向沙漠。

因为你随意乱走,不知道大家伙
需要团结,需要希望和斗争,
为了解释世界,改造世界。

我的心跨一步就把你一齐拖向前。
我没劲,活了半辈子,可仍要活下去;
怪得很,我说话还在讨你欢喜!

其实呢,我愿意解放你,把你和那些
创造光明的兄弟们混合在一起,
正如跟黎明的水藻和芦苇相混合。

希腊在先*

给玛尔可斯将军①

希腊的人民并不那么好对付,
谁向他开火,谁就助成他胜利。
希腊的平常老百姓狂热地爱好
自由、理智以及自己的力量。

按照人类的伟大,他们用了手
来反对拳头,用了脚反对利爪,
反对战争他们靠正义——这母亲;
实际的需要训练了、教导了他们。

---

* 原诗为整齐的十二音诗(每行十二个音级),无韵。
① 玛尔可斯将军,希腊人民民主武装的领袖,一九四七年曾经组织"自由希腊政府"。

希腊那地方没有水沟给老鼠住,
瘟疫在希腊找不到一定的坟墓。
活着不可怕,死亡也不算黑暗;
为自己权利而战斗使黑夜不久长。

在这大地的高峰,光明的中心,
全体人民向解除了战争威胁的和平
大大地开门,在门口,野蛮人
送了命;他们的血在那儿让风吹干;

风从海上来,海是友爱的花。

在西班牙*

要是在西班牙有一棵血染的树,
那就是自由之树。

要是在西班牙有一张饶舌的嘴,
这张嘴所说的是自由。

要是在西班牙有一杯纯洁的酒,
喝酒的一定是人民。

---

* 原作是十二音(每行十二个音缀)与八音(每行八个音缀)的交错:一行长,一行短。

西 班 牙*

世界上最美丽的眼睛
已开始把歌儿唱起来:
说它们①要看得更远些,
远远超过监狱的围墙,
也要比忧伤里哭肿的
眼皮儿看得远又远。

囚笼上那些铁栅栏
也在歌唱着自由;
那支调儿传得远,
人间的道路全走遍,

---

* 原诗是形式比较整齐的六音诗,即每行六个音级,无韵。
① "它们",指眼睛。

哪怕你太阳照得狠，
哪怕猛太阳和雷雨天。

失去的生活又找到，
生活里有黑夜和白天；
被放逐、被囚禁的人们，
你们在阴暗中培养着
火焰；火焰怀抱着
曙光、凉风和露水——

胜利
和胜利的愉快。

年年"五一"[*]

就仿佛我们是一株树上的树叶,
我们被闷热的大风扫集在一起。
穷困等于黑夜,战争是洪水,
别人给我们的明镜只剩了铅块。

并非昨天而是向来如此:
他们盼我们灭亡;可是每次接吻,
就像到了春天,我们重获青春。
我们在未来远景中汲取光明。

我们的统治者已经被半塌的天所标志,
我们呢,力量是坦白的、一致的、新生的,

---

[*] 原作是整齐的十二音诗(每行十二个音缀),无韵。

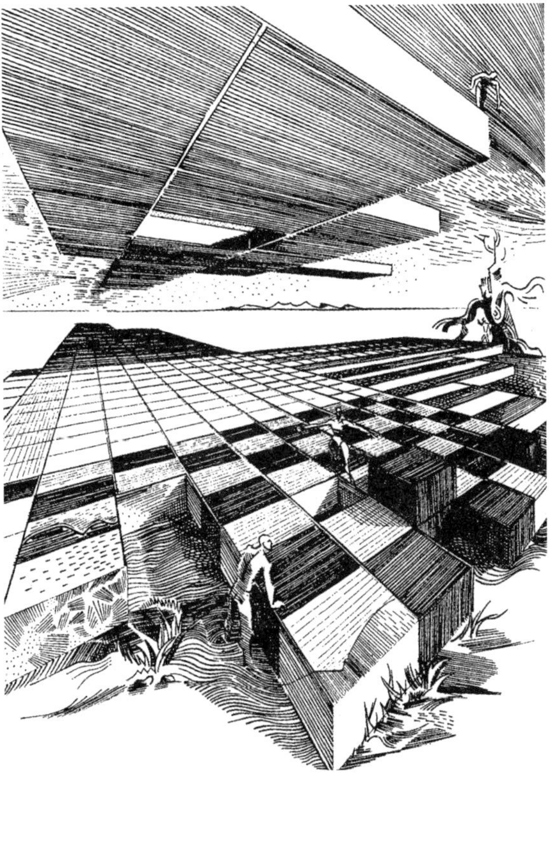

我们所有的人，从明天直到永远，
在世上所知道的将只有幸福的分量，

嫩芽和果子的轻快温和的分量。

希腊,我的理智的玫瑰

(一九四九年)

在一九四九年发表的《道德教训集》中,有八首歌颂希腊人民革命斗争的诗,总题为《希腊,我的理智的玫瑰》。此处选译了五首。

"理智的玫瑰",意思就是说理性的美与感性的美具体的结合。诗人热爱希腊劳动人民,同时又敬佩这一人民的勇敢的革命斗争。这两种感情是分不开的。"理智的玫瑰"是这种敬与爱的感情的象征。二次世界大战将告结束的时候,希腊人民的民主革命运动已经受到英帝国主义的直接与间接的干涉。稍后,美帝国主义更进一步帮助雅典的反动政府,残酷地镇压人民。革命的力量因此遭受严重的损失和暂时的挫折。一九四六年与一九四九年,艾吕雅曾两度访问希腊人民武装——游击队——的根据地。这儿所选译的诗都是由于访问所得的感受而写的。

格拉谟斯山*

格拉谟斯山有点儿险峻,
可是人们能使它变成平坦。

我们消灭野蛮人,
为了缩短我们的黑夜。

敌人比火药更愚蠢,
我们在这儿,他们不理会。

他们完全不知道人是什么,
也不知道人最显著的权利。

我们的心把石头磨平。

---

* 格拉谟斯山,在希腊北部,与阿尔巴尼亚接境处是希腊游击队的根据地。原作是八音(每行八个音缀)与七音(每行七个音缀)参差排列,无固定格律。

寡妇们和母亲们的祷告*

我们全是结过婚的妇女,
我们的眼睛曾经含着说不出的欢笑。

用武器,用鲜血,
把我们从法西斯手里解放出来!

原先我们在摇篮里抚育光明,
我们的乳房涨满奶汁。

让我们拿起枪来,
向法西斯分子开火!

---

* 原作是整齐的八音诗(每行八个音缀)。

过去我们是源泉和江河,
　　我们曾经梦想成为汪洋大海。

只要给我们一个办法,
不让法西斯分子逃罪。

他们人数比我们的牺牲者少;
我们的牺牲者从来没有杀人。

　　以前我们无忧无虑地相爱,
　　除了生活别的什么也不懂。

让我们拿起枪来,
我们情愿为了反抗死亡而死亡!

人迹不到的山中

花和草都不抛弃我；
它们的芬芳随风飘。

小山羊在玩耍——它们年轻；
没有秘密的天空有一点黑——老鹰。

太阳生气勃勃,把脚伸到地球上；
它的光彩使人们面颊上泛起爱的红霞,
人间的光明也舒畅地发扬光大。

伟大的人在不朽的世界中心,
把他的影子画在天边,烈火照在地上。

眼睛太痛苦于所见的一切*

再也没有比这更美好的面目
这样强烈地怨恨战争的猖狂。

再没有比这美好的黑晶晶的眼睛
这么温和地自己用遮尸布盖上①。

哀伤将这些眼睛活活地埋葬。

---

* 原诗是整齐的十音诗(每行十个音缀),二、四、五行叶韵。
① 诗中所谓"美好的面目"是希腊人民的面目。希腊人和一般的南欧民族一样,一般都是黑头发、黑眼珠的。由于普通欧洲人的眼珠往往是蓝色、灰色或棕色的,所以法国人认为黑眼珠是美观的。"用遮尸布(亦作:殓布)盖上",就是说眼光中有悲痛的神气。由于希腊人民在革命斗争中付出了惨重的代价,这首诗所表达的是沉痛的同情。

打破孤独[*]

好比一群黑压压的鸟,他们在夜里舞蹈。
纯洁的是他们的心,谁也不容易分清
哪些是小伙子,哪些是姑娘,

他们背上全扛着一杆枪。

手拉手,他们跳,他们唱
又古老,又清新的歌,自由的歌,
黑夜因此放出光明,发出火焰。

敌人在沉睡。

---

[*] 原诗略有格律,一般每行为十二音(即十二个音缀),三个独立行各为八音(即八个音缀)。

回音反复唱着他们对生活的爱，
他们的青春就像没有边际的海滩，
在沙滩上，大海带来了全世界的亲吻。

他们之中没有多少见过海的人。

可是，好好的生活是没有国界的旅行，
他们在一起生活得很好，并且也为了兄弟们；
各处的兄弟们，他们向往得高声地嚷。

高山走向平原，走向海滩；
再现他们的美梦和狂放的征服，
手伸向无数的手，好比泉水流向海。

一九四九年六月

礼赞集

(一九五〇年)

《礼赞集》发表于一九五〇年。该集所收的诗很少,大概十首光景,多半写于一九四九年。兹选译八首。

约瑟夫·斯大林*

从前,人们从辽远的山水之间涌现,
他们的心肠都不坏,可惜气力委靡,
阴沉、悒郁;他们的梦是黄金,现实是灰铅。
从前,人们从渺小的童年里涌现,
迟钝的落后者,他们所崇拜的是浮云,
穷困与赈济对于他们好像天经地义。

哦,去世已久或昨天刚生下来的兄弟们,
健康的容颜被奴隶生活折磨成老人,

---

* 这篇斯大林颂曾经发表于一九五〇年出版的《礼赞集》。据一九五二年莫斯科出版的《法国现代进步作家选集》的编者安特烈夫的注,这是为斯大林七十寿辰而写的。原诗的形式是格律比较整齐的十二音诗,每一句诗包含十二个音缀,但与古典的十二音诗又不相同。首先它不协脚韵,并且音缀的计算虽然基本上按法文诗传统的法则,有时却有通融之处。

你们种种需要使你们有争取自由的愿望，
幸福的愿望，强大的愿望；
强大，并且像明净的玻璃窗那样和善，
明净到毫不含糊地反映出兄弟的面目。

成千成万的兄弟拥戴了卡尔·马克思，
成千成万的兄弟拥戴了列宁，
斯大林对于我们是永存的，不论今日、明日。
斯大林消除了当前的一切不幸；
信心是他充满着爱的头脑中的果实，
信心是那么完美，像一串理智的葡萄。

全仗他，我们的生活才没有秋天。
斯大林的地平线永远是新生的，
我们没有疑虑地生活着，并且即使在阴黯中
我们也在创造生命，安排未来。
对于我们，没有一天没有它的明朝，
没有一个清晨没有正午，没有寒冷不预示热潮。

斯大林在一般人心目中，是一个
有活生生的形象的人，他有斑白的头发。

斯大林在人的血液中点燃火一般的热力。
斯大林酬劳了人类的优秀儿女们，
使他们的劳动成为愉快的美德：
为了生命而劳动就是对生命有贡献。

因为生命与人类一致拥护斯大林
作为世界上无限的希望的象征。

苏联——唯一的希望

兄弟们,在人类的明镜里照见自己,
那是一面涂不暗、打不碎的明镜。

兄弟们,在人间的明镜里我们照见自己,
伟大的明镜,伟大的国家,它照耀着我们。
兄弟们,所有的国家全在它的光明里成长;
无论是友好的国家,敌对的国家,
苏联使它们的人民得到改善、扩大。

我们背后,恐惧、憎恨和死亡
把我们所梦想的幸福加以毁伤;
但是,我们前面,天已破晓,在东方,
"现在"用它的强有力的手,捧住
生活的嫩芽,没有忧虑,没有限量。

苏联要和平,为它自己,为我们大家,
它经历过战争,扫除断砖破瓦,
正视着它无数的胜利,在劳动。
它战胜了孤单;
由于自身团结,它将团结世界。

兄弟们,苏联是唯一的自由道路,
我们必须走那条路,为了达到和平,
和平能使生活实现美满的愿望。
黑夜缩成一小片……
大地反映出洁白无瑕的未来。

第十二次党代表大会*

在哪儿？在让纳维利埃①。
在哪儿？在同志们之间。
越南来向我们致敬——
十个越南学生,轻快、纯朴而且严肃,
他们反映着我们的理由,
我们要消灭耻辱的理由②。

多列士③对我们讲话,

---

*　原作是整齐的八音诗(每行八个音缀)。
①　法国巴黎附近(塞纳省)小镇,有一些钢铁厂等工业设备。一九五〇年,法国共产党曾在那儿召开了第十二次党代表大会,艾吕雅参加了那次会议。
②　法国反动政府侵略越南的战争,法国人民认为是一种耻辱。绝大多数的法国人,均反对这一"肮脏战争"。
③　多列士,法共总书记,法国劳动人民热烈爱戴的领袖。

友爱和真理塑造成他的嗓音。
他的愤激充满着仁慈,
他的明智描画出一切可能;
幸福,和平,
只要团结,就有这些可能。

多列士向我们谈到正义,
法兰西是正义的土地。
他为劳动人民说话,
为那些建设生命的人说话,
为那些人,他们手中执掌
保证未来的力量——

使大家亲善友好的力量。

一九五〇年四月二日

用友谊的名义*

给马塞尔·加香①

亲爱的马塞尔,全仗你,我还这么年轻。

---

* 原诗是十二音(每行十二个音缀)与六音(每行六个音缀)的参差排列。

① 马塞尔·加香,法共中央委员,《人道报》编辑,法国众议院议员,曾任议长,是法共领导同志中年事最高,同时也是法共知识分子出身的党员之中最为德高望重的一位。加香生于一八六九年。一九四九年法国人民给他庆祝八十寿辰。艾吕雅这首诗是那时写的。近来法国来宾们曾带给我们这样传闻:加香听到中国人民在伟大的中国共产党和英明的领袖毛泽东同志领导之下终于获得了解放,建立了自己的政权——中华人民共和国的消息,当时就激动得老泪纵横地哭了起来。他大致说:"我几十年来一直在盼望这个消息,今天好容易盼到了,我是多么兴奋,多么激动!但是,我年纪太老了,不能长途旅行,想必不能亲眼去看解放了的中国人民和他们的新中国了……"《人道报》记者马尼安游历了新中国以后,写了一本三百五十页,相当于中文三十余万字的著作,一九五二年出版于巴黎,书名《在毛泽东的国家里》。加香给那本著作写了热情的序文。

时间丝毫没有把你原先的热情减损，
你帮助我们为希望而生活，而斗争——
希望兄弟们都值得自傲，没有止境。

你比谁都明白：
辱骂、殴打诱骗不了谁；
你比谁都明白：
对人尊敬是爱的武器。

你比谁都明白正义是好的，
不但好，而且宏大，在问心无愧的人们之间。
对好人，你说"是"，对坏人，你说"不"；
幸福的明镜在你手中渐渐扩大。

亲爱的马塞尔，我愿意和你一样，
用自己的青春去滋养这许多希望；
愿意不离开人群，像你一样，
不离开人群，并且坚信胜利。

一篇该算的账*

给伊里亚·爱伦堡

十个朋友死在战争里,
十个妇女死在战争里,
十个儿童死在战争里;
一百个朋友死在战争里,
一百个妇女死在战争里,
一百个儿童死在战争里,
以至一千个朋友,一千个妇女,一千个儿童……

我们很会数我们的死者,

---

* 一九四八年八月,在波兰的洛克劳城召开知识界拥护和平大会,艾吕雅代表法国作家出席,爱伦堡代表苏联作家出席。原诗不拘格律。

用千来数,用百万来数;
我们会数,但是一切变化得很快,
一场接一场,战争使什么全消失。

可是,只要有一个死者突然站起来,
站在我们的记忆中,
我们就为了反对死亡而生活,
我们就为了反对战争而斗争。

我们为了生命而斗争。

一九四八年八月二十六日,洛克劳

胜利的人们[*]

"如果我失败了,倒霉的只是我自己;
如果我成功了,全体人民都有利。"
——瓦西尔·列夫斯基①

生硬、赤裸的曙光,
穿进诗人的花园,
金黄的花儿点缀着窗,
善良的人们从睡梦里醒来。

这儿大家知道怎样做人,
这儿大家都问心无愧。

---

* 原诗大体为七音诗(每行七个音缀),但颇有出规之处;无韵。
① 瓦西尔·列夫斯基(1837—1873),保加利亚人民反抗土耳其侵略斗争中的英雄和烈士。

这儿大家知道使自己年轻,
你要希望,你就得坚强。

在工厂附近,现在,
孩子们在健康地唱歌。
一个要饭的也没有了。
人民像一棵树似的往上长。

安全,这颗心脏,
准备跳动在人类的胸膛。

　　　　一九五〇年四月,加尔洛伏-索菲亚

裴多菲百年祭 *

我要向一个逝世已经百年的人致敬,
这人逝世的时候只有二十六岁。
可是匈牙利计算它的世纪,
总把它的儿女们的生命,
把它的诗人们的生命算在一起。
所以我在这儿向一位活着的诗人致敬。

裴多菲并没有从天上、从太阳里掉下来;
他的父亲卖猪肉,他的母亲当女仆。
我要在这儿歌唱他的穷困,他的光荣。

---

* 裴多菲,匈牙利爱国诗人,生于一八二三年。一八四九年,他参加匈牙利人民争取自由与独立的革命战争,贡献了自己的生命,那时年仅二十六岁。关于裴多菲,鲁迅先生早年曾作详细介绍,见《摩罗诗力说》第九段,《坟》第95至100页。原作无格律。

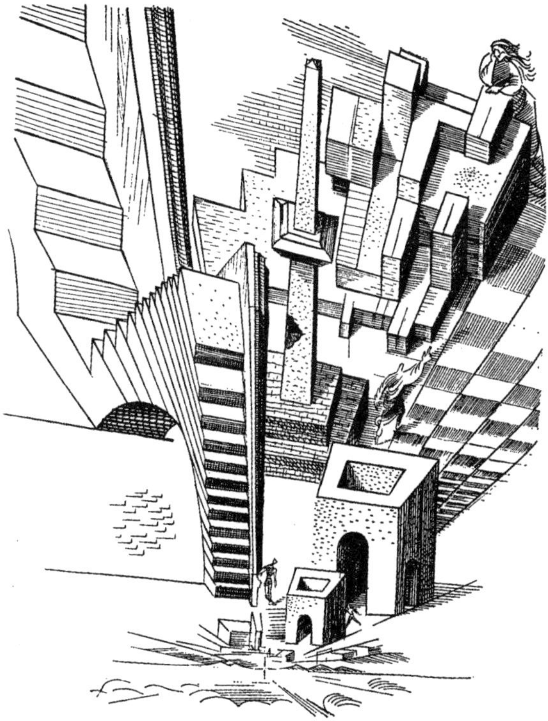

他的光荣在于战胜若干世纪的穷困,
因为他是活在众人心中的一个人。

手拿武器,他唤起狂风暴雨;
用了爱的言语,他招致雷霆霹雳,
谁也不准和朴素的玫瑰,和面包为敌。
我在这儿歌唱战胜了暴君的那位好汉,
歌唱那位被市井细民所祝福的诗人。

我要歌唱一个十五岁的孩子,
他当了演员,胆敢表演人生,
一个挨饿的孩子,他可是嘲笑虚空,
他是孩子,可是懂得做人,极伟大的人;
今日的孩子,永久的大人。

裴多菲认识红日东升对于大地多重要。
朝阳在劳动人民的手里扎下了根,
在积极生活与苟延残喘之间建立了桥,
朝阳照耀着使人复活的亲吻,
涓涓流泉把朝阳引向青新的芳草。

裴多菲知道正义的战斗多么快乐,
他知道歌唱盛夏的胜利,盛夏没有罪恶。
可是他满怀信心地战斗,流尽他的血,
为了在自由中死亡,为了希望永远不灭,
这是穷苦大众的希望,是匈牙利的蜜。

他的金光灿烂的诗句,同志们,拿你们
信仰的黄金,快乐的黄金来交换!
匈牙利有多少忠实的儿女,
匈牙利有多少英雄好汉,
她可以用星星,用裴多菲的美梦,
用匈牙利平原上的诗句来计算。

一九四九年七月三十一日

因为要活而被控告*

给美国共产党的各位领导者,
他们采取行动拥护和平而被"法办"。

一大群人坐在被告席上;那十二位
在群众的光辉之下,没有阴影。
他们是绿洲,绿洲隐蔽沙漠;
他们是盛餐,盛餐消灭贪馋。

正义的人士数不清,陪审的就这几个人,
仔细挑过,数过,和路碑一般分散的人。
他们忙于施展鬼把戏,布置些毒计,
想陷害群众,陷害这些顶天立地的汉子,

---

* 原诗是整齐的十二音诗(每行十二个音缀),无韵。

这些想出了和平与正义的主意的人们。

群众越团结,个人的存在越切实;
用一个个的环节,我们结成联盟。
天天黎明,自由又增长了几分;
要活,这朴素的愿望发明了幸福。

谁能一笔勾销那些清白无辜的人们?
火热的心肠使他们不断地再生,
不绝地响彻着他们理智的回音。
群众光听十二位说话,法官的话没人听。

清澈明朗的"未来",已经把"过去"战胜。

畅言集

(一九五一年)

艾吕雅在他逝世前一年,一九五一年,发表了三种重要的新作:《畅言集》《凤凰集》《和平的面容》。此地选译《畅言集》十二首诗中之六首。这些诗和《政治诗集》的诗一样,除了个别例外,其余都具有比较整齐的格律。《希望的力量》尤为突出,不但是每一行诗都用十二音缀而且押着脚韵。每节八行,押韵如下:ABABBABA。

善良的正义

这是人类热烈的规律:
用葡萄,他们制造酒,
用煤炭,他们制造火,
用亲吻,他们制造人。

这是人类严峻的规律:
不愿战争和苦难,
不愿致命的危险,
生命反正要保全。

这是人类甜蜜的规律:
使水转变为光明,
使梦转变为现实,
使敌人转变为兄弟。

这条规律既古老又新鲜，
从赤子之心的深处，
一直到理智的顶点，
规律越发展越完善。

未来的时代*

牢狱关了门,没有犯人往里送;
广大的人群中,牢狱是沉重的岩石。
我谈起这事像呼吸一样自如;
要是牢狱仍开着,我不免在里边。
现在大家全在外面。

劳动充满生气,
疲劳充满快活,
我在深深地呼吸,
超越自己的胸襟。

那些街道和房屋、草地、树林

---

* 原诗无格律。

闪耀着一片光,各有各的太阳,
乌云已经冲散。

空中有一群太阳;
爱,是相互间的爱,
激动的心是大家的。

我无从回忆,
垂头丧气的过去。

一个诗人的僵化

——关于一个普通的诗人

他像羊毛一样温和,
他像丝绸一样精致,
他关上所有他的窗子,
闭上眼睛,欣赏自我。

他发现自己比谁都渺小些,
比所有天神们,他倒是更伟大;
不过,那些神是他的想象,
他也知道那无非是幻想。

他的血活着毫无热气;
他的脑袋比一个肥皂泡
被阳光一把抓住的时候,

还要显得虚无缥缈。

于是他自己觉得自由,
因为不跟别人在一起;
于是他重新回到地上,
好比死人钻到地底下。

一个诗人的激昂

——关于符拉基米尔·马雅可夫斯基

他像羊毛般温和,
他像丝绸般精致,
他的双手比有些
姑娘的手更柔软。

善于对孩子说话,
善于对大人说话;
比一位稚气的母亲,
他反映更多的天真。

他两眼能够看见
别人看不见的东西,
哪怕是疲乏的地狱,

哪怕是死亡的尘灰。

他反映劳动的科学，
他反映劳动的雄心，
他反映战斗的细节——
希望领导着战斗。

他像大炮，轰鸣着
祖国人民的胜利；
他吹乱生命的头发，
从高处给它戴帽①。

无论高山上，阴影里，
他的正义矗立着；
形形色色的事物，
使他能哭又能笑。

善于抚摸的驯兽家，
一发怒就叫人怕；

---

① 这句诗是说马雅可夫斯基以崇高的理想给了生命。

他把自己的肉体
掷向敌人的炮火。

他的敌人全消灭,
只有他永远活着,
活在老百姓心里;
他全身热血沸腾,

为了拥抱全人类。

希望的力量[*]

这么说简直是承认自己在穷途：
我自己一无所有，全让人剥夺完，
我像弯腰的奴隶奔走着道路，
奔到最后反正一死完蛋；
只有我的痛苦是我的私产，
流泪、淌汗，再加上最大的艰苦，
我无非是一个可怜的家伙，不然
就是强者眼里可耻的废物。

---

* 作者原注："这篇诗一九四六年十一月二十八日发表于《法兰西文学周报》，用化名棣棣哀·戴洛虚签具。作者要想借此摆脱他个人的写作形式。"
译者按：原诗格律整齐，并叶韵。艾吕雅的爱人女须一九四六年十一月二十六日病逝于巴黎寓所，其时艾吕雅正在瑞士疗养。这首诗，尽管是遭受到突然的打击之下的一声惨痛的惊呼，里边不免有些悲哀与失望的情调，而克服个人悲哀的顽强的意志，也表现得非常坚决。

对于吃喝我跟任何人都一样,
欲望强烈到不知如何是好;
对于睡眠,我感到乡愁似的怅惘,
羡慕禽兽睡暖窝,没完没了。
我睡的太少,从来不欢乐、热闹,
从来不亲近女性。不管她多漂亮。
我的心虽然空,决不半途抛锚;
即使悲痛,我的心从来不彷徨。

我本来可以笑,陶醉于我的任性,
曙光在我的身上可以做窝,
像个保护者,细心地焕发着光明,
照耀着像我一样的人们,和花朵。
用不着你怜悯,假如你选定了这么做:
你不要正义,你保留短视的眼睛。
有一天,建设者行列中一定有我,
我们要修建活的广厦、巨厅——
浩大的群众,其中人人是朋友。

畅所欲言

总之,应当畅所欲言,可是我
缺少字句和时间,缺少胆量;
做着梦,我随便流露出一些形象,
我糊涂一生,没学好清楚地说话。

什么全说:山岩,大路,铺路石,
街道和行人,田野和那些牧童,
嫩毛似的春天,黄锈的冬天,
组成一个果子的寒冷和温热……

我愿意表现群众和个别的人,
表现使人兴奋或失望的一切,
以及在人的四季中,人照亮些什么:
他的希望,血液,遭遇和苦难。

我愿意表现广大的、被分割的群众，
如同墓园似的，被隔成若干块；
也表现打破了藩篱，战胜了统治者，
并且比黑影更强大，更纯洁的群众。

表现成群的手，成荫的树叶，
彷徨歧途，没有个性的野兽，
肥沃、丰产的河流以及露水，
站起来了的正义，牢固的幸福。

一个孩子的幸福，我能否从他的
洋娃娃、皮球，或从好天气引申？
一个男子的幸福，我有否勇气
按照他的老婆和孩子来说明？

我能否说清楚爱情和它的理由，
它的沉重的悲剧，轻飘飘的喜剧？
那些给予它日常性的机械动作，
以及给予它永恒性的那些抚摸？

我能否将收获和肥料相提并论，
像人们对于美观做了些善举？
能不能将需要和欲望互相比较，
将机械的举动和乐趣也作对比？

我有否足够的字句，在愤怒的巨大
翼翅之下，以仇恨清算仇恨？
能否表现受难者击败刽子手？
能否将"革命"表现得有声有色？

在坚定的目光中，晨曦是自由的黄金，
事物都不雷同，一切全新异、珍贵，
我听到小小的字句变成了格言，
超过痛苦，智慧并不复杂。

反对，我能否说出我多么反对
寂寞中养成的那些荒谬的怪癖！
我几乎死在那里边，无法自拔，
像英雄被捆绑、堵上嘴，寂寞而死。

我的身、心几乎在寂寞中解了体，

失去了形态,同时又有形态:
围绕着腐朽、下流、谄媚、战争、
冷漠和罪恶的各种各样的形态。

差点儿我的兄弟们要将我驱逐,
我曾说对他们的战斗什么也不懂;
我以为向"现在"可以过分地要索,
可是我对于"明日"毫无概念。

我能够战胜毁灭全仗那些人,
他们早知道生命包含些什么;
全仗所有的起义者,他们一边
检点武器,检查心,一边握手。

人呵,人群中唱着一支歌儿,
歌声不断地上升,毫无皱褶;
唱的是以未来反对死,反对侏儒
和狂徒的地牢,唱的是英雄的言语。

充满着黑压压的、粗大酒桶的地窖,
终于把门开向葡萄园地,

未来的美酒正在吸取太阳光;
这一切我能否用葡萄农的言语来说?

妇女们身材好像水,又像石头,
有坚硬,有轻捷,有柔和,也有的太完整。
群鸟横穿另一些空间,飞过去……
一只相识的狗慢慢地走着找骨头。

半夜里引不起回音,除非对于
很老的人,他糟蹋才华于平庸的歌曲;
尽管夜深,时间并没有白过,
要是别人不醒,我决不安睡。

我能不能说什么也比不上年轻,
一边指着面颊上光阴的烙纹?
什么也比不上无穷连续的反光,
只要种子和花开始怒放。

坦率的话、真实的事作起点,
信任就毫无顾虑地发展下去;
我要求别人发问以前先答复,

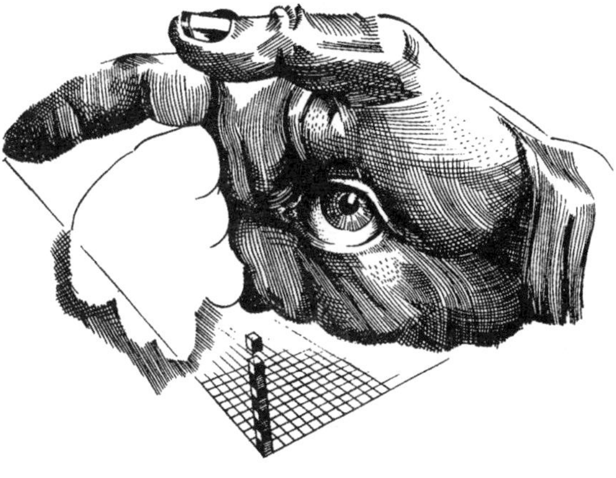

那么谁也不再说什么外国语。

而且谁也不愿意再践踏房顶，
再焚烧城市再堆积死人，因为
对于建设我将有充分的语句：
使人信任时间——唯一的源泉。

那时就得欢笑，健康的欢笑，
因为随时随地友爱而欢笑；
对别人将和对自己一样地心好，
人人喜爱自己被别人所爱。

比海洋还要清新，生命的欢喜，
巨浪似的，将代替脆弱的寒颤；
什么也不再使我们怀疑这首诗；
我今天写这诗为的要否定昨天。

一九五〇年九月

和平的面目

(一九五一年)

《和平的面目》(一九五一年),原系题画诗,是毕加索二十九幅素描的伴奏。离开了画册,这些小诗仿佛不能充分发挥作用。因此在二十九首之中,此地只选译了七首。原诗无固定格律。

一九一八年艾吕雅写了《和平咏》,过了三十三年以后他写了《和平的面目》。用同一个题目,在诗人生命的两个不同季节中写成的诗,内容有很显著的区别。《和平咏》仅仅是从个人的角度体会了和平的可贵,而《和平的面目》是全世界热爱和平的人民的共同的呼声。这两篇诗的比较,说明作者的感情如何从小我发展到大我。

和平的面目

和平鸽子做窝的地方我全知道,
最自然的地方要算人们的头脑。

对于正义和自由的爱
产生了一颗奇妙的果子。
这果子决不会变质,
因为它具有幸福的味道。

"给大家面包,给大家玫瑰!"
　我们大家这样宣了誓。
　我们迈开巨人的大步,
而且道路并不长到了不得。

我们顾不得休息,我们顾不得睡眠,

我们迅速争取黎明,迅速争取春天;
　　我们要准备岁月和季节,
　　按照我们美梦的尺寸。

人用太阳光洗了脸,
　就感到有活下去的必要,
　并且使别人也活下去;
人充满着爱,和未来团结起来。

我的幸福,也就是我们的幸福,
我的太阳,也就是我们的太阳。
　　我们分享生命,
　　空间与时间,大家都有份。

好比飞鸟信任它的羽翼,
我们知道我们伸向兄弟的手
引导我们到什么地方去。

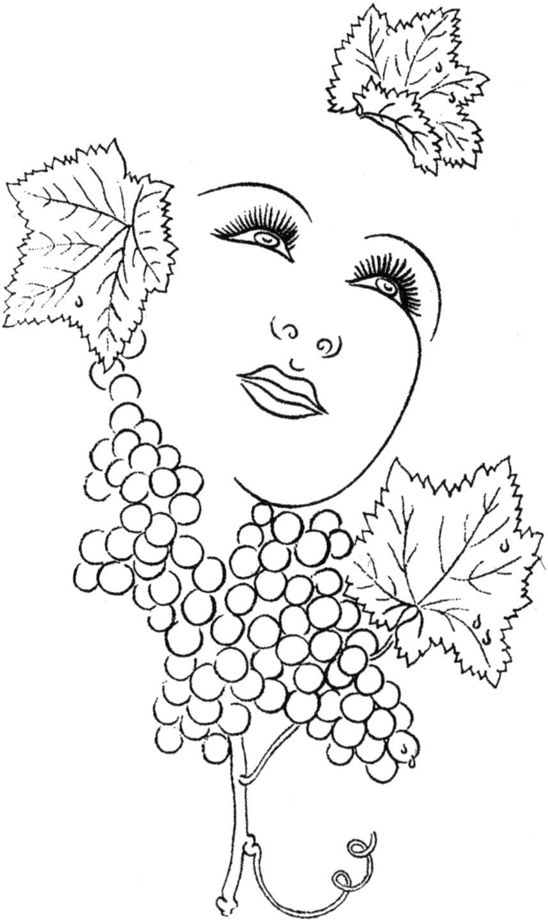

未 编 集

(一九五一年——一九五二年)

这儿选译的六首诗代表艾吕雅诗歌的最后面目。这些诗在一九五一年至一九五二年间,陆续发表于法共的报刊上,未被编为专集出版。

给和平运动的代表们*

即使天这么晴和,即使地和我们齐心,
即使盛夏比战士们更辉煌,
从战争和穷困的浪潮里涌起
一声呜咽,得不到回响,像一片荒岛。

---

* "和平运动"是法国人民保卫和平的群众组织的名称。原作完成于一九五一年七月一日,初次发表于一九五一年七月五日的《法兰西文学周报》。这儿的译文所根据的是一九五二年十二月出版的,艾吕雅逝世(一九五二年十一月)前亲手订定的选集《给大家的诗》。将一九五一年的初次发表的这一首诗,和一九五二年发表在选集之中的改定稿比较之下,我们发现第三和第四节完全改写了。这两节诗的原始面目是这样的:"战火蔓延在朝鲜,在越南——到处,可耻的行为像没有出路的矿穴——但是到处有人起义,有人战斗——他们不顾'信仰',他们不顾'法律'。"(以上四行为第三节)"他们不顾老社会的狂妄的'信仰'和'法律'——可是他们确信自己是心脏,是丰富的源泉——从那里产生出理智和幸福——好比美梦成了行动,好比花儿结了果。"(以上四行为第四节)其余零星的改动不备述。原作的格律是整齐的十二音诗(每行十二个音缀),无韵。

要不毫无目的活着,就得遭受酷刑,
甚至热爱青天的古老殉道者也吓白了脸。
烧死殉道者的柴堆和唯利是图造成的尸堆,
比较起来柴堆成了使人乐于瞑目长眠的床铺。

战火延烧在希腊,在朝鲜,在越南,
有受害的人民起义的地方,就有战争。
徒劳的战争,因为拥护生命的人多到数不清,
他们决不让生命化为血和灰炉。

整个世界成了"新世界",
人成了新世界的火焰和丰富的源泉。
从那里能够产生理智和幸福,
如同美梦产生行动,花产生果。

我听到一声欢笑,笑得像溪水一样晶莹,
笑声里跳着一颗心,它否定死亡,它否定阴影;
我听到了充满爱的言语,能使时间改变行程,
使成人变为儿童,使昏夜变为朝阳。
谁在说话?除非在同一时间,同一个人?

我听到老旧的希望在唱歌,使人年轻;
这希望的存在,不依靠记忆,而依靠未来。
我向你们致敬,反侵略的同志们,
你们今天来宣誓,为了明日,为了永远:
我们一定获得正义,一定获得和平。

佩里、卓娅、柏洛扬尼斯 *

我渴慕,一直渴慕精神上完整的自由,同时也渴想在这四月开初的日子里,尽情欣赏嫩芽的怒放,欣赏愈张愈大,愈光亮,愈和蔼可亲的眼睛。

不久我们就要脱下最后的冬装,使身体感到轻松,感到光赤,大家的面孔不久就要和更温暖的天,和我,和你,和茁长中的草木,和兄弟般的太阳,恢复友爱的关系。

不久,人们将要抬起头来……

在这春天的星期日,有人杀害了四个英雄,卑怯到杀害了四个被囚的英雄,四个充满热爱,热爱自由,热爱美好的生活,热爱正义的,清白无辜的人。人们本来想用谎

---

* 原作为散文诗。关于柏洛扬尼斯,详见本书171页注①。关于佩里,详见本书49页题注。至于卓娅是苏联卫国战争时期女英雄,在我国已尽人皆知。

话、侮辱和酷刑使他们屈服。

　　四个英雄！……可是人们企图消灭的是过去、现在和未来的成群的英雄们。桎梏和穷困都不够了,他们还要在地球上布置万人坑和乱葬堆,还要破坏地球上生活的面目。什么也不能反抗战争的权力。所有不愿意与战争有任何共同之点的人全得处死。整个世界也得处死,如果必要的话,如果世界硬要抬起头来的话。

　　这四月里,在希腊比这里有更大的光明。可是那儿的绝望与希望是否也跟这儿一样？在这儿或那儿,按照不同的情况,只要再受一点痛苦,多增加一些勇气,更提高一些斗争的热情,那么人类共同的呼吸,就会和希望混合起来——希望的是同一个美好的季节,那时人与人之间不需要互相害怕,也不需要自己怕自己。花和收获对大家将成为共同的利益,从摇篮时代开始。我们一定会从牺牲者们的严冬里走出来,一定不再痛苦于英雄们被杀害的这样的春天,我们要抬起头来,并非带着愤怒,而是充满快乐。我们一定会有自由的精神。

　　柏洛扬尼斯被害了,可是他没有使我们的荣誉、使我们寄托于辉煌的明天的希望,遭受丝毫损失。他微笑了。

像他那样被牺牲的人是数不清的,因为他们人数太多。佩里、卓娅、柏洛扬尼斯……可是他们不断地苏生。而且他们的力量是有感染性的。

他们屹立着,在未来的前列。什么全可以被忘却,除了他们寄托于生命的信心。在他们后面,里底斯①、奥拉都②、广岛都隐消了,刽子手们也消灭了。

柏洛扬尼斯被害了。我们这些人要活下去。必须是为了要抬起头来。为了和所有的英雄们,和所有的清白无辜的人们一同胜利。

一九五二年四月五日

---

① 捷克的一个村子,一九四二年六月,纳粹匪徒把这村子全部毁掉。杀害了全村二百多男子,妇女都被送往集中营,孩子们被送到德国去。
② 法国的小镇,居民一千一百余人,在一九四四年六月十日,在纳粹铁蹄下,遭受到比里底斯更惨痛的命运——无论男女老幼,一齐被屠杀了。

亨利·马丁的信心*

海风早已吹走了船,我没有登程;
没有登程,而且在监狱里,
仅仅为了我不甘心一声不哼,
仅仅为了我很有理:

---

* 亨利·马丁,著名的法国和平战士,本为海军下士,由于散发传单,鼓动士兵们起来反对侵略越南的"肮脏战争",被法国反动政府,于一九五〇年先行拘捕入狱,再判以五年苦役。但因法国和平民主运动声势日益壮大,法国反动政府在群众再接再厉的压力之下,终于在一九五三年八月二日释放了亨利·马丁。这是法国人民争取和平民主运动中的重大胜利之一。"明天,船舶都要出航:驶向光明。"艾吕雅的预见无疑是正确的。可惜,马丁出狱的时候,艾吕雅逝世已经九个多月了。原诗格律整齐。每一节五行诗,第一、第三行为十二音诗(每行十二个音缀),第二、第四行为八音诗(每行八个音缀),第五行为四音诗(每行四个音缀)。脚韵的协法如下:ABABA,即第一、三、五行协韵,第二、四行另协一韵。(本诗曾由译者译成比这更自由一些的格式,发表于一九五三年八月号《译文》杂志。)

反对战争。

我还年轻,我的生命还很完整,
好比气息清新的朝阳,
使我惊异、赞美,为了我,和我的兄弟们,
因为我们的信心是桥梁:
超过敌人。

有些人孤立在世界上,由于从事战争;
我看见在我的地平线上
却有一大群无畏的人们在希望,在斗争。
明天,船舶都要出航:
驶向光明。

布拉格的春夜*

布拉格,过去可不像今天。
对未来满有把握的布拉格,
睁着眼睛,她在安眠。

她穿着雪白和金黄的衣裳,
朝霞是她衣裳的彩色,
她的眼睛使黑夜隐藏。

布拉格体现了春的形象,
她知道晴朗的天气从哪来,
她上升,升到光明大道上。

---

* 原诗是格律整齐的八音诗(每行八个音缀),无韵。(译者曾以比这自由一些的形式翻译了这首诗,发表于一九五三年八月号《译文》杂志。)

布拉格向疑虑关上了门，
有人询问她，她就回答，
如同星星回答黄昏。

布拉格在她的痛苦中壮大；
她心中里底斯留下烙印，
可是什么也不能阻挠她。

伏契克爱布拉格纯洁，敏感。
布拉格在死亡的笼罩之下
粉碎了她的那些敌人。

布拉格穿着雪白和金黄的衣裳，
这天夜里，她在酣睡，
可是她向未来睁着眼睛。

　　　　　　　　　　一九五二年春

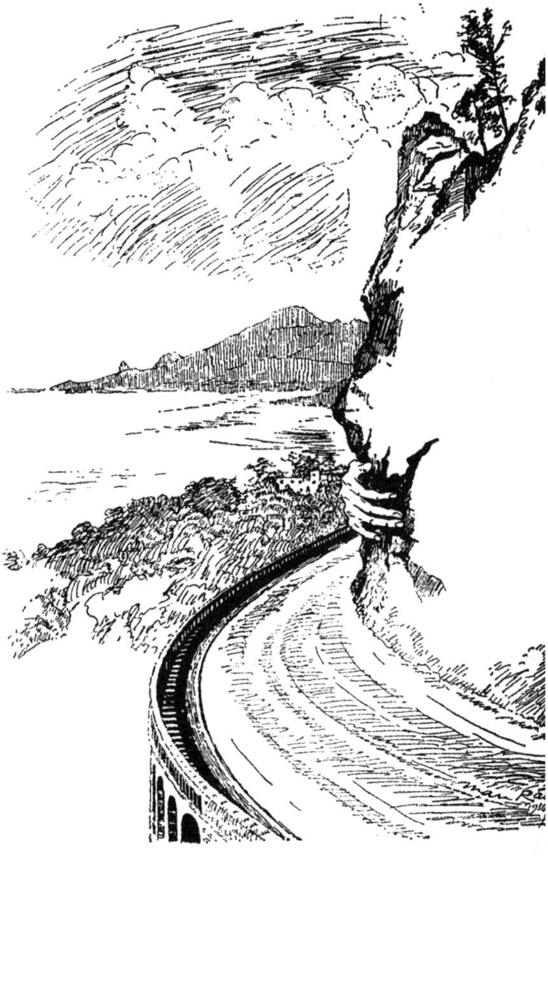

给雅克·杜克洛[*]

统治者们躲在野兽的血盆大口里,
　　毒素等候着毒害鲜血,
贫困和战争在光天化日底下横行,
　　统治者们在庆祝春天。

玫瑰双周展览,时装表演晚会①;
　　无聊的鬼脸,无聊的面具。

---

* 原诗格律是十二音诗(每行十二个音缀)与八音诗(每行八个音缀)的参差交织:一句长,一句短。
　这首诗初次发表于一九五二年六月十一日的《人道报》。那时,法国共产党最重要的领袖之一,雅克·杜克洛领导巴黎和全法国爱好和平的人民,起来示威,反对"瘟疫将军"李奇徽来到法国,因而被法国反动政府非法逮捕,投入狱中。
① "玫瑰双周展览","时装表演晚会",均为法国反动资产阶级的粉饰太平,欺蒙人民的玩意儿。

这时春天在到处产生着花和果,
　　花和果营养了我们的希望。

统治者庆祝春天好比庆祝自杀,
　　他们杀人等于自杀。
这是冷酷无情的进攻的季节,
　　疫病蔓延的季节。

他们要把人和自己的良心分开;
　　这是监狱的季节,
这是乱棍打人,向着善良的面目,
　　向着纯洁的事物诅咒的季节。

统治者,他们的精神飞向战争,
　　疯狂的战争,愈来愈空洞;
在那里边,人在世界上所能认识的
　　只有腐烂,只有骷髅。

但是,从痛苦到勇敢,从勇敢到坚定,
　　聚集了一大批新生的儿女们。
他们什么都不怕,甚至不怕统治者,

因为未来对于他们显得这么美好。

他们知道在朝鲜,在越南,在突尼斯,
　　和他们一样的人正在昂起头来;
他们知道在人类大家庭里他们占多数,
　　他们和柏洛扬尼斯①一般地笑。

怎么能忍受没有希望的生活,
　　不看,不信,不了解?
难道在泥垢中,羞耻中,焦灰中,
　　让他们的手和眼睛失去光辉?

通过黄金的帷幕他们看见生命,
　　生命永远胜利,永远开展。
他们决不怀疑,我们决不怀疑,
　　朝日一定东升。

在这充满斗争的春天,这一半世界

---

① 柏洛扬尼斯,是一九五二年四月初,被雅典的法西斯卖国反动政府,在美帝嗾使之下杀害的四位希腊爱国志士之一。毕加索所画的素描上,柏洛扬尼斯手拿一朵象征希望的石竹花,满面笑容。

照耀着那一半。
春天引导我们走向永恒的美梦的边境,
　　我们所期待的就只是夏天。

夏天,好比一个光明的、深深的亲吻。

路易斯·卡洛斯·普列斯特斯*

我走向"未知":人和树林
是幽灵,没有云的天空
是穹隆——笼罩着噩梦。

可是,在那些蛮荒的森林里,
什么也不能剥夺我所宝贵的东西。
哪怕黎明时分鬼怪显形,
哪怕闷热的夜里闹了妖精,
哪怕让人害怕的忧伤病,

---

* 路易斯·卡洛斯·普列斯特斯,巴西共产党总书记,一生努力于巴西人民的解放斗争,始终不懈。曾被囚禁十年。巴西名作家亚马多的小说《希望的骑士》,所叙述的就是普列斯特斯的斗争历史。原诗行列参差,并无格律。

尽管是在奥斯维辛①中的病根。

什么也不能使我和我亲爱的祖国分离，
兄弟们需要我，在我的祖国巴西。
他们看见，在许多生命历程上刻画着
忧郁，我的忧郁，
和他们自己生活的空虚。

就算我只不过千万人中的一个，
至少也得让我表示对他们的信任。
永恒的太阳你我全都有份，
我拒绝黑暗、我拒绝不公平。
人民对我启示了光明；
在困苦的深渊中人民需要光明。

我无非尽了一个人应尽的责任，
是人就得对美好的未来有信心。
我一边核计我们的希望，一边不断地前进，
世界上我有这么多的兄弟们，

---

① 奥斯维辛，纳粹的集中营。

怎么也不至于剩下我自己一个人。
我团结我们的力量,以此向大家号召:
我们一定能把胜利的江河引到
它们最终的目标。

在我祖国,树林很坚强,
比砍树的斧头更有力量。
我在祖国,尽量利用林树,
一直到斧头让步为止。
祖国是我的力量,我们骨肉相连;
国家属于人民,因此也属于我,
不久我们要享受国民的权利。

今天,什么也不能摧毁
跳动在我心中的许多心。
我们大家的路线就只一条,
路上满地乱石,满地荆棘,
可是我们的脚踹到地上很舒适,
我们的脑袋晒着太阳很舒适。

从巴西的阴暗深处,

我揭开层层的黑幕。
到处我点燃了光明,
我是一个有信心的人。
像我这样一个人
激怒服役于"愚蠢"的人们,
激怒因为自私而消极的人们。
我要征服幸福,
我要打开所有的门户。
我的希望传遍全球,
到处有人声起来响应。
贫穷困苦向后退走,
我前进,我们白手支起温床,
为了今天的种子,
为了明天的丰收。

附录一

诗歌——和平的武器[*]

亲爱的同志们:

我愿意和你们谈谈是我非常关心的,同时又是目前在法国热烈讨论着的一个问题:即事诗[①]的问题。如果有什么题目使当今法国的诗人们不安,正就是这个题目。说实话,这件事常常不仅使他们不安,而且使他们发生反感与愤慨。太多的无聊诗匠,太多的平淡乏味的唱小调的人,都在写诗,于是作为人生最固定的(感情)基础的、永恒的

---

[*] 本文译自一九五二年莫斯科出版的《现代法国进步作家选集》。原文是一九五〇年三月,艾吕雅在莫斯科"文学之家"座谈会上所发表的谈话稿的最后部分。

[①] 即事诗,也可以译为即兴诗或即景诗。在法文上,这一个名词又可以了解为应景诗或应酬诗。因此资产阶级的文人以此讽嘲进步诗人,说他们的政治诗全是"应景诗"。艾吕雅反对这种恶意的说法,同时肯定即事诗的积极的价值:联系具体生活,具体的社会事件的、现实主义的价值。

诗歌,在一般诗人们看来,似乎受到了威胁。你们一定很难设想,我们在法国遇到何种的反对,因为在法国那些恶劣的思想习惯,那些老旧的拘束,仍然是有它们的势力的。现在我想将我们的论点,提出来向你们请教。我们幸而有一种战斗诗歌的真正传统,这种传统不但是世界性的,而且也是法国的传统。法国可以举出一些诗人来,和普希金、密茨凯维奇①、裴多菲、波特夫②、洛尔迦③与马雅可夫斯基等人相提并论,那就是维永④、佗比涅⑤、维克多·雨果、兰波⑥以及《马赛曲》与《国际歌》的两位不朽的作者。即使在我国——在别处也一样——有很多诗人在他们甜蜜的幻梦中,或个人的不安中,昏昏睡着了,我们仍然可以肯定说,当代的法国诗歌,经历了战争与祖国被敌人占领的考验之后,比过去要壮大得多了。它的爱国主义的情感

---

① 密茨凯维奇(1798—1855),波兰爱国诗人。
② 波特夫(1848—1876),保加利亚的爱国诗人,曾经为祖国的独立与自由战斗到流尽最后一滴鲜血,牺牲在敌人的枪弹下。
③ 详见本书译者序第3页注①。
④ 维永(1431—1489),中世纪末叶的法国流浪诗人。一般认为他是法国现代(文艺复兴以来)抒情诗的创始者之一。卒年不可考,一四八九年是大致的估计。
⑤ 佗比涅(1552—1630),法国亨利第四时代的讽刺诗人。
⑥ 兰波(1854—1891),异常早熟的天才诗人。主要作品均完成于二十岁以前。

更加强烈了,它和被压迫的人们靠拢了,决意为反抗压迫、反抗战争而战斗,它找到了集体的声音。许多法国诗人和作家都在那一场斗争中贡献了自己的生命。对于我,这是异乎寻常的光荣,今天能在这儿——作为全世界和平的首都的莫斯科,紧靠着克里姆林宫的、宣告真正属于人类的一切胜利,宣告友好的未来必然要到临的那些红星,宣读已经牺牲的诗人与作家的名字:圣-保尔-鲁、雅克·德古尔、玛克斯·雅各伯、加勃里埃·佩里、乔治·包理采、班嘉曼·克雷米欧、洛伯·德讷、让·普来弗……,以及没有提到的许多作家,他们都为了不甘心丧失做人应有的尊严,不肯在野蛮人面前低头而牺牲了生命。

一九四三年,我编了一本五十多位诗人的集子,为了不让解放之歌衰歇下去。而在今日,重又面临着使法国变为附庸国家的威胁,面临着战争的威胁;反抗这些新威胁的必要性产生了一批新的诗人,他们决意把诗歌作为一种武器来使用。法国的作家们和诗人们相信他们的力量在不断地增长,因为他们明白,正像斯大林同志所说:

> 生活中新产生的、一天天成长的东西是不可克服的,要阻止它的前进是不可能的。
> ——人民出版社版《斯大林全集》第一卷第二七五页

我们日益明白,伟大的光明、伟大的希望照耀着我们的时代。我们明白在一九一七年,全世界贫困的人们振奋起来。一切都起了变化,阴影重又变为清凉,战斗的痛苦将位子让给了胜利的欢快,让给了人的光荣,让给了绝对的意义上的诗歌。自从十月革命以来,人类的真理树立在地球上了;所有可能的事物,一下子变成了可以实现的事物;所有自然的财富,很久以来是不可能的,变成了我们伸手可及的东西。被马克思与恩格斯发展到最高度的人类的良知,变成年轻的诗歌。

我们明白自从一九一七年以来,列宁的名字,斯大林的名字,"莫斯科""斯大林格勒"这类名字,比常用的最美丽的名字充满着更多的诗意。现在我们知道,正跟高尔基所说的一样,世界上没有比人——我们的朋友和仇敌——更值得我们注意的了。自从一九一七年以来,苏联的诗歌是客观的:歌唱真实的自然——有它的弱点的、可以改造得更完美一些的、听人指挥的自然,起着母亲及服务员的双重的、高尚作用的自然;歌唱完全洗净了自私成分的劳动的诗;歌唱为自由而战斗的诗;歌唱大家平等享用的、物质的幸福的诗;歌唱人的伟大的诗——伟大之中不容许有一丝阴影,也不容许别人比自己渺小。诗人的理想实现了:他为了大家,并依靠了大家来进行创作。

诗人这名词过去曾经显得可笑,可是现在它重新获得了它的高贵的意义。现在,诗人是兄弟的同义词。这名词具有面包的分量,具有不愿意再挨饿的人的热烈与轻松。和一切游移不定的哲学相反对,诗人这名词意味着连死亡也不算什么不可克服的灾祸,因为语言由这一个人传授给那一个人,可以传至永久,超越虚空。

可能在你们眼中,今天法国诗人们的"政治诗"显得既落后于战斗诗的辉煌传统,亦落后于苏联诗歌的惊人的活动范围;那么,你们可以说我们无非是先驱者——早就在望,然而尚有待于争取的一块土地的先驱者。

对于我们之中很多的人,所缺少的就是更强一些的自觉,对于人的各种可能性、同时也是对诗歌的各种可能性的自觉。我们应当说服我们自己,正如歌德所说,"所有的诗都是即事诗"。同时亦必须说服我们自己:如果要使一种情景从特殊性转移到一般性,并且由此而获得它的价值,使它持久,使它永恒,那就必须使这种情景和诗人自身的、哪怕最单纯的愿望相符合,和他的心、他的精神、他的理智相符合。否则这种情景不免只有片刻间的、一瞬间的意义;光是在某一日期这一情景被诗人好好歹歹歌唱过的这一事实,丝毫不足以保证这情景的永远性。

我想举一个极简单的例子,也是最被我们那边的那些主张"纯诗"的人所批评的一件事,就是最近为庆祝斯大林七十寿辰而写的一些诗。如果斯大林的生活没有这样远大的历史远景,那些诗是不可能产生的;那些诗表现了斯大林伟大的生平,对于人类的高度重要性。

因此有一些情景永远局限在插曲和轶事的阶段。可是另一些情景则将发生的事件提到历史的高度,诗的高度。

如果诗题不好,不可能设想那诗会有任何价值,例如保尔·克洛岱尔所写的《印度支那伞兵》那样的诗。那无非是为人们的良心与理智所不能容忍,并且认为是历史的丑恶赘疣与毒疮的、那场战争的一段插曲。我们不能将诗歌与任何正在衰老与死亡的东西相结合。再引用斯大林的话来说:

> ……生活中衰老的、走向坟墓的东西是必遭受失败的,哪怕它今天还显得是一个强壮的力量。
> ——人民出版社版《斯大林全集》第一卷第二七五页

也就因此,我写那首关于矿工罢工的诗,当时就意识到自己在歌唱一种向前发展的情景,通过这种情景,人们向生命前进了一步,而不是站住不动,或退向死亡。

不应当将即事诗和奉命诗混为一谈。应景诗只能在偶然的情况之下符合作者的愿望、深刻的信念以及感受力。真正的即事诗应当从诗人心里自然流露出来,像一面忠实的镜子似的准确。这样的诗于是就符合于马雅可夫斯基所谓"社会的订货",而与偶然的、无效的、无法传达的那些"订货"恰恰相反。

外在的景况应当和内心的景况相应合,就好像是诗人自己使外部的景况发生似的。所以它变成和恋爱的激情一样地真实,和春天所孕育的花,和努力建设、反抗死亡的快乐一样地真实。诗人追随着他自己的意念前进,但是他的意念带领着他走上人类进步的路线。于是,渐渐地,世界代替了他自己,世界通过他而歌唱。有时候,诗人可能是很贫乏的,比什么也不如,可是他能比谁都强地反映他那时代的希望,和当时人们所进行的战斗。我所说的就是鲁日·德·李尔①。他原来只会写一些平淡无味的诗,滥调的情歌,甚至也没有什么坚强的信念;可是,骤然间,他身上燃起了看不见的火焰;骤然间,他创作了一支歌儿,这支歌现在仍旧传遍世界,超过一切特殊的

---

① 鲁日·德·李尔(1760—1836),《马赛曲》的作者。《马赛曲》作于一七九二年。

情况,甚至使人难以置信。这支歌就是《马赛曲》。

上述事例可能是景况操纵了诗人的、唯一的例子。在那种情形之下,诗在《非诗人》身上出现,好像理性在疯人身上出现一样。这是以世界的客观的钱币,换取了沉浸在梦中的诗人的主观的钱币的例子。《马赛曲》是个人天才的破产,群众在个人身上的胜利;是历史变成了诗的灵感,并且尊严化了的例子。通过这例子,生命的诗,客观的诗,使人不能不承认它的重要性。

在《马赛曲》里,谁在发言?一个诗人在发言吗?鲁日·德·李尔在发言吗?绝不是。他的时代,或者是当时发生的事件在发言吗?可以说是,也可以说不是。因为直到今天,在迥然不同的情况之下,这支歌儿还能够将群众的愤怒和希望、冲动力、崇高的品质和对于未来的信心,一一具体化。

《马赛曲》并不是一个人的歌,而是大家伙的歌;对于这支歌,决没有人会提出什么意见。

阿拉贡在他的诗集《艾尔莎的眼睛》序文中这样写:"我歌唱人和他的武器。我锻炼了我的语言丝毫不为别的,许久以来,我丝毫不为别的而准备了这歌唱的工具……我歌唱人和他的武器,再没有比目前更为切适的时机了。"

这些武器,正是和平的武器。它们使人对他自己的力量更有信心。在这儿①,我们看到了团结在一起的、不可战胜的力量。

在苏联,我们生活在和法国完全不同的基础上。我们所做的旅行,倒不是什么了不起的空间的旅行,而是时间上的旅行。也就是这个社会主义的时代,在我们动身的前夕,使我们明确认识了老旧世界的一切妖形怪状——我们就生活在那个老旧世界里,在那里土耳其诗人拿齐姆·希克梅特在绝食,希腊诗人里索斯②在反动统治者设置的马克罗尼索斯③的监狱消磨精力,南斯拉夫的诗人望戈关在铁托的牢房奄奄一息。在那个世界里,法国的码头工人有的被监禁,有的遭杀害,因为他们拒绝做战争贩子的同谋;这世界,通过西班牙、希腊、越南等处的战争,正在分崩离析;如果我们不在争取和平的战斗里团结起来,这一个世界准备着要摧毁整个文化;而我们,共产党人,是那个文化的唯一的继承者。

---

① 指苏联。
② 里索斯(1909—1990),二十世纪希腊著名诗人,现代希腊诗歌的创始人之一。出版诗歌及其他文学作品近百卷,获得列宁和平奖等多种国际文学奖。
③ 马克罗尼索斯,是希腊的一个小岛,反动的统治者在那里设有囚禁革命分子的集中营。

今天的诗人们知道,如果他们不到处服务于和平与正义这一巨大的工作,他们就不配存留在人类的记忆中;而善良、慷慨的苏联人民,是推动我们参加这一巨大工作的先锋队,他们自己则很幸福地有马克思、恩格斯和列宁的继承者,约瑟夫·斯大林做他们的导师。

电影《奎尔尼加》的说明*

奎尔尼加。是维斯加亚省的一个小城市,瓦斯贡加达斯①地方的传统的首府。在那城里矗立着一株老橡

---

* 电影《奎尔尼加》是根据毕加索的名画拍摄的反法西斯主义、保卫和平的片子。这是艾吕雅为那部片子所写的说明。一九三六年西班牙法西斯化的军阀佛朗哥叛变,向马德里的共和政府武器进攻,激起了西班牙人民的激烈反抗。这一保卫民主与自由的英勇战斗,一直继续到一九三八年,终于因为德、意法西斯主义者的武装干涉,而告失败。在这一历史事件的过程中,毕加索始终是站在西班牙人民这一边。一九三七年四月"奎尔尼加事件"发生后,义愤填膺的毕加索作了巨幅油画,表现奎尔尼加被炸毁的惨状,向法西斯主义提出了有力的控诉。这幅画初次展出于一九三七年夏天,当时法国人民阵线的内阁所举办的巴黎博览会的西班牙馆中。诗人艾吕雅在那时已经和他的挚友毕加索采取同样的正义态度,并且由于那幅名画的启发,写了《奎尔尼加的胜利》这首著名的诗。《电影〈奎尔尼加〉的说明》,主要是那首诗的发展,里边许多诗句直接引自那首诗。
本文译自一九五二年十一月二十七日的《法兰西文学周刊》。
① 是西班牙北部地区,包含三个省,其中之一是维斯加亚省。

树,它是当地的传统精神与自由的神圣象征。奎尔尼加只有历史意义上的和情感上的重要性。

一九三七年四月二十六日,正是赶集的日子,过午不久,替佛朗哥服务的德国飞机轰炸奎尔尼加,一批接一批的飞机,轮流轰炸了三个半小时。城市整个被烧毁,被铲平了。被炸死了两千人,完全是平民。这一次轰炸的目的在于,实验爆炸弹与燃烧弹联合使用在平常居民头上,看会发生什么效果。

不怕烈火,不怕寒冷的面孔,
不怕黑夜,不怕咒骂和鞭打的面孔,

不怕一切的面孔,
现在你们已经在死亡中固定;
可怜的被牺牲的面孔,
你们的牺牲将成为范例。

死亡,就好像将人的心倒置了起来。

当你们活着的时候,
统治者要你们出钱买面包,

头上的天,脚底下的地,饮水和睡眠都要出钱买。

　　甚至惨淡的穷困也得花钱买,
　　在你们活着的时候,

　　可爱的演员,你们是这么忧郁,可是又这么温和,
　　你们是经常性的冲突①中的演员,
　　你们的思想中没有死亡。

　　生与死的恐惧,生与死的勇气,
　　死是这么艰难,又是这么容易。

奎尔尼加的居民是平常的老百姓。很久以来,他们就生活在那个小城里。他们的生活是用雨点似的幸福和浪涛似的贫困组成的。他们爱他们的小孩。他们的生活是用一些微小的幸福和极大的忧虑组成的:忧虑明天怎么过。明天,要吃饭。明天,要生活。今天,先希望着。今天,先劳动着。

---

① 在阶级社会中,阶级斗争是一种经常性的冲突。

人们一边喝着咖啡,一边看报。报上登着:在欧洲某某地方,一大队的杀人凶手踩死了地上一窝蚂蚁!一个肚破肠流的孩子,一个砍掉了脑袋的妇女,一个一口呕尽了鲜血的男人——人们想象不清楚这些到底是什么情况。西班牙远着呢,远远地在我们的边境以外。咖啡喝完,得上班去了。没有工夫设想别的地方出了些什么乱子。心里也就觉得没有什么过意不去。

明天,就该轮到你们遭受痛苦,恐怖,死亡。
到那时候,你想粉碎这种罪行,已经太晚了。

机枪的子弹结果了那些奄奄一息的人们,
机枪的子弹追逐着小孩子玩。比刮一阵风还好玩。
用了铁,用了火,
人身上挖成了深深的矿井。
挖成了海港,可是没有船,
挖成了炉灶,可是没有火。

妇女和儿童有公共的财宝:
春天的绿叶和纯洁的乳汁,

以及他们纯洁的眼睛
所表现的时间的延绵。
妇女和儿童都有这种公共的财宝
在眼睛里；
男人们尽力量来保卫它。
妇女和儿童都有这种红色的玫瑰
在眼睛里；
各人流了自己的鲜血。

说起来我们有不少人害怕雷雨！
今天,大家已经明白生活就是雷雨。
说起来我们有不少人怕闪电、怕打雷；
　我们多么天真！打雷的是天使,闪电是他的翅膀；
　我们从来不肯下地窖子,怕看见烈火在地下焚烧；
　今天,我们这个世界已经到了末日,
　各人流了自己的鲜血。

永不改变地,
孩子们采取了心不在焉的神气。

我们也将要仅仅剩下
　　我们最简单的表情①。
　　说起来过去还有所谓快乐的眼泪,
　　男人张开手臂,向着充满爱情的女人。
　　得了安慰的孩子一边抽咽,一边笑。
　　被杀害的人们眼睛和恐怖一样地沉重,
　　被杀害的人们眼睛和荒土一样地单薄。
　　被害的人们喝干了他们的眼泪,
　　好比喝了毒药。

驾驶飞机的都是些长得很不错的小伙子,戴着盔,穿着靴,衣服整齐。他们很专心地掷下炸弹。

地面上被打得土崩瓦裂。最了不起的哲学家,专研究善良事物的哲学,也得多看几遍才能从这情况里得出他的理论来。因为在这儿,现在、过去、将来被打得七零八落。在这火坑里,时间的头绪被打断,被焚烧了。这是生命的记忆被人一口气吹灭,好似吹灭一支蜡烛。

　　在血淋淋的人身上,血淋淋的动物身上,
　　进行着令人恶心的"收获",

---

① 指死者的面容。

比刽子手们自身还要腐臭,尽管他们衣服清洁整齐。

所有的眼睛全被挖空,所有的心被熄灭,
大地和死尸一样冰冷。

你怎么去抓住一匹充满着死亡的气味的野兽?你怎么去对一位母亲解释她的孩子的死亡?在熊熊的大火里你怎么去鼓励人们要有信心?你怎么能使人明白:这个世界统治者拿孩子们当作敌人,他们向摇篮进攻,将摇篮当作对方的战具?世界上只有一个真正的黑夜,那就是战争。战争是贫穷的姊姊,是令人作呕的、令人发狂的死亡的女儿。

人们啊,为了你们,生命的财宝曾经歌唱。
人们啊,为了你们,生命的财宝曾经被滥用。

请你设想你母亲临终断气的情形,设想你的兄弟,你的孩子如何断气,设想这一场结束生活的斗争,设想你的爱情如何失去生命。抵抗杀人的凶手吧!一个老人,一个小孩,面对着凄凉黯淡的生命,使他们全身充满了极大的憎恶的情绪。一下子,他们觉得早知这样下场,当初何必苦苦地活着。

一切都沾染了污泥。太阳也发黑了。

灾难的纪念碑：
由贫苦的小房子，
矿场和田野组成的美好世界。
兄弟们，瞧你们竟成了腐烂的尸体！
变成残破的骷髅！
泥土跑到你们的眼眶里边去了，
你们成了腐朽的沙漠，
死亡破坏了时间的均衡。
昨天你们是我们的生气勃勃的希望，
今天你们成了蛆虫和乌鸦的食粮。

奎尔尼加的枯焦的橡树底下，奎尔尼加的废墟上，奎尔尼加的澄碧的天空底下，有一个人回来了，他怀中抱着一只咩咩叫着的小羊，他心里藏着一只和平鸽子。他给大家唱清朗的歌，起义的歌。这歌儿对爱说"是"，对压迫说"不"。天真的诺言，是最高尚的诺言。这歌儿说，奎尔尼加、奥拉都、广岛是存活在和平斗争中的主要都市。它们的毁灭是有力的控诉，比恐怖势力声音更响亮。

一个人在唱，一个人在希望。他的痛苦，像大马蜂似的，向铁青的天空远远飞跑了。而他的歌唱，终于和蜜蜂似的，在人们的心窝里，酿成了蜜。

奎尔尼加!清白无辜的人必定战胜罪恶。
奎尔尼加!……

附录二

艾吕雅的诗*

[苏联]杜波夫斯戈依

提起艾吕雅这伟大的名字,就使人想起他自己的话:

有一个人死了,可是他继续斗争着,
为了反抗死亡,反抗遗忘。

这几行诗是写给法国共产党中央委员,被法西斯枪杀的加勃里埃·佩里的。在这几行诗里,艾吕雅表达了他心目中的、为了人民的幸福而斗争、为了生命而反抗死亡的人的形象。这一光辉的、乐观的思想,在诗人的另一些作品里得到了更深入的表现。

艾吕雅和法国人民伟大的儿子加勃里埃·佩里,以

---

* 本文译自一九五三年十月号的《苏联文学》(法文版)。

及"抵抗运动"的英雄,作家德古尔①是站在一条线上的人物。艾吕雅将他的才干整个贡献给为维护普通老百姓对于幸福的权利而斗争的人,这种人决不失去希望,并且即使在最艰苦的时期,也永远在"产生生命,掌握未来"。

艾吕雅给他的同时代人们的诗篇中,有一篇诗题为《歌唱爱的力量》。在这首小诗里,他解释他如何了解生命,如何了解诗人的任务。他对于人类的爱并不是袖手旁观的爱;这种爱,和他对于到处压迫人,并且使人愚昧的那些人的不可消除的憎恨,是不能分的;而诗人的义务是参加斗争,以"憎恨恶势力的那些无辜的人们"的名义而发言。艾吕雅提醒我们:

> 有西班牙血一般红的"莽原",
> 有希腊天一般青的"莽原"。

《歌唱爱的力量》以及《政治诗集》中别的诗,《约瑟夫·斯大林》《苏联——唯一的希望》,贡献给法国共产党和法国"抵抗运动"的诗,《和平的面目》《畅所欲言》,给亨利·马丁的诗——所有这些诗的作者艾吕雅,在他一生的最后十年中,使他的作为人民诗人的创作天才达

---

① 详见本书62页注①。

到空前的发展。

艾吕雅曾经走了一段艰苦的路程,"从个人的地平线到大众的地平线",从个人主义到集体斗争,从抽象的人道主义到共产主义。终于克服了各种形式主义的影响以后,他成了人民的法兰西的、真正的诗人。这位出色的作家的演变过程,大部分决定于当前发生的那些具有历史意义与世界意义的大事件,例如苏联的伟大范例,广大的劳动群众向反动势力所作的斗争——在全世界日益扩大的斗争。

艾吕雅说过,自从一九一七年以来"阴影重新变为清凉,战斗的痛苦将位子让给了胜利的欢快,让给了人的光荣,让给了绝对意义上的诗歌……伟大的光明,伟大的希望,照耀着我们的时代……所有自然的财富,很久以来是不可能的,变成了我们伸手可及的东西"。

在他开始诗人的事业的时候,在他对于形式主义发生了一时的沉湎的时候,艾吕雅也是将他的比较好的诗写给人,写给人的思想和情感,以及周围的自然界(例如《我对你说过》)。从那时期起,艾吕雅的诗,虽然形式复杂,形象不脱窠臼,却已经"表白自己的心,不猜疑别人的心"。

马雅可夫斯基所认识的就是这样的一个艾吕雅。他曾经把艾吕雅的名字与阿拉贡一同提到。马雅可夫斯基在一九二七年提到一群法国的进步作家时,这样写道:"我不知道他们是否有一个计划,可是他们却很有气魄,他们之中许多人是共产党员,许多人给《光明》①写稿子。"

一九三〇年②以后,在艾吕雅的生活与作品中都开始了一个新的阶段。他曾经和千百万法国人民在一起斗争,为了组织人民阵线。他曾经和全世界善良的人民在一起,给西班牙共和国做正义的声援。当法西斯主义倾其全力侵略法国的时候,艾吕雅成了"抵抗运动"的战士和诗人。

一九四二年春天,艾吕雅参加了法国共产党。

那是代表法国人民利益的政党,因此我把我的力量,同时把我的生命,永远交给了它。我愿意和祖国人民一起前进,向着自由、和平、幸福,向着真正的生命。

在法国被纳粹占领的期间,他以共产党员的身份,同

---

① 《光明》,是巴比塞主编的进步刊物。
② 恐系一九三六年之误。对于阿拉贡等几个少数的当时的超现实主义者来说,从一九三〇年(到苏联出席了革命作家第二次大会)起的确是踏实地走上了进步的,甚至革命的道路。艾吕雅在事实上,并没有立刻站在阿拉贡他们那一边。直到一九三六年,西班牙的内战使他睁开了眼睛,初步认清了敌友;一九三七年他发表了《奎尔尼加的胜利》《一九三六年十一月》《昨日的胜利者一定要灭亡》等最早的政治斗争性的诗篇,艾吕雅才算真正地转变了态度;一九三八年,他与超现实主义者布勒东等正式绝交。

时以诗人的身份效忠于祖国。在《写给他们梦中的妇女》那首诗中,他创造了令人难忘的、法国的抒情诗的形象。祖国的这一个形象,在敌占时期的"无边的阴影"之中发着光辉,使囚禁在法西斯监狱中的人们重新有了抵抗的力量,使斗争中的爱国志士们得到了鼓舞,大大地增加了他们的力量,坚定了他们的勇气。

在第二次大战期间,他参加了"抵抗运动"——对法西斯反动势力的有组织的斗争,这就帮助诗人在新的角度上,看见了一个平常的法国人的伟大。

> 这许多人有清楚的计划
> 要改善他们的和大家的生活
> 以致明早上出来的太阳
> 也会标志出他们的力量
> ——《我认识的诗人们》(本诗选未收)

全世界劳动人民团结起来,这一意见,浸透着他在一九三〇至一九五〇年间①所写的作品。在法西斯主义残

---

① 如果更准确一点儿,可以说从一九三六年到一九五二年,而不是从一九三〇年到一九五〇年。关于一九三六年,详见本书 204 页注②。一九五二年是艾吕雅逝世的那年(他逝世于十一月)。从一九五〇年到一九五二年这两年之间,他发表许多重要的诗篇,所以这最后的两年,似亦应计算在内。

酷的蹂躏之下斗争着的西班牙,在他的诗中占着很大的地位。西班牙的悲剧所启示给他的各种思想,他把它们综合在"奎尔尼加事件"上。这是西班牙巴斯克①地方的一个小城。一九三○年代之末②所写的《奎尔尼加的胜利》那首诗,以及他死后才发表的《电影〈奎尔尼加〉的说明》,充分地表白了他的哀痛和憎恨,表白了他如何渴望这一被压迫的人民得到最后胜利。

一九三七年四月二十六日,奎尔尼加被佛朗哥的空军所摧毁。这一"穷苦的房子,矿场和田野组成的美好世界",化成了一片灰烬。艾吕雅对那些被法西斯主义所残害的人们说:

统治者要你们出钱买面包,

头上的天,脚底下的地,饮水和睡眠都要出钱买。

甚至惨淡的穷困也得花钱买……
　　　　　　　　——《电影〈奎尔尼加〉的说明》

---

① 即西班牙瓦斯贡加达斯,详见本书189页注①。
② 奎尔尼加被炸毁是一九三七年四月间的事。艾吕雅这首诗作于那年夏天。

时间过去了;在诗人眼中年复一年,奎尔尼加的废墟永不磨灭,并且在那儿喊叫要报仇。第二次大战期间,艾吕雅一看那些出卖法国的叛徒们准备让法国也遭受奎尔尼加同样的命运,他毫不犹豫地参加了战斗,并且站在最前列。

艾吕雅后来访问了希腊;爱国志士们的血染红了希腊的土地,使他感觉到奎尔尼加如在目前。当他听到帝国主义在朝鲜的残酷行为,他的记忆中又出现了奎尔尼加。

电影《奎尔尼加》是艾吕雅和毕加索两人合作的。这部影片将帮助大家了解,如果不反抗法西斯主义,不保卫自己的家乡,不拦阻战争贩子,那是多么危险。

诗人对我们说,今天西班牙在它的监狱的铁栅栏里面歌唱,可是到明天:

> 要是在西班牙有一杯纯洁的酒,
> 喝酒的一定是人民。

——《在西班牙》

作为抒情诗人,作为斗士,艾吕雅将他的活动紧密联系劳动人民的国际性的斗争。反法西斯斗争的经验决定了他的行动。党给他鼓舞:

> 多列士对我们讲话,
>
> 友爱和真理塑造成他的嗓音。
>
> 他的愤激充满着仁慈,
>
> 他的明智描画出一切可能;
>
> 幸福,和平,
>
> 只要团结,就有这些可能。
>
> ——《第十二次党代表大会》

在战后,艾吕雅是卓越的和平保卫者之一。他曾经访问了比利时、英国、瑞典、捷克、意大利、希腊、保加利亚、阿尔巴尼亚、波兰、匈牙利、罗马尼亚、墨西哥、苏联等国家。

人民的敌人害怕诗人的真实的语言。一九四九年,美国当局不许艾吕雅进入美国,去参加在美国举行的和平大会。诗人就通过无线电,向那次大会的参加者揭发了人类的公敌:

> 我们,和他们比较之下,更不是什么毫无能力的梦想家,我们有我们的办法,我们掌握着一种力量,这种力量必定要占上风。群众愿意自己处理自己的事情,他们拒绝向恶势力低头。到处,他们已经只听从自己的觉悟的指挥。到处,善良的势力就要取恶

势力而代之。让我们斗争吧!

在报刊上,艾吕雅不止一次地用深为不安的情绪,指出法兰西的统一与伟大被威胁了,骄横的占领者①自以为统治了每一个法国人的心和理智;艾吕雅也表示了他坚信这些人要想使热爱自由的法国人民屈服,是决办不到的。

在他一生最后的几年中,艾吕雅曾两度到"旧世界的新天地"中去旅行——一九五〇年与一九五二年,他访问了苏联。他在热烈、兴奋和奔放的生命快乐感之中,认识了苏联的一切成就。

回到法国以后,艾吕雅将他的游苏印象传达给巴黎的工人们,以及第二次大战期间被纳粹残暴地摧毁的小城,奥拉都的居民。一九五〇年五月二十二日,他在巴黎瓦格朗大厅的讲演中说:

> 我早就知道在苏联,人们喜欢法国,但我却并没有碰见年轻的苏联大学生,以写一本有关于巴尔扎克或斯当达尔的毕业论文为奢望,我也不曾和苏联

---

① 指美帝国主义者。

的作家和知识分子,满堂合唱《马赛曲》。①

艾吕雅认为介绍苏联真实情况,介绍苏联的工人与农民的真相,就是保卫和平;那些工人和农民在昨日曾经将世界从希特勒的法西斯主义中搭救出来,在今日,由于他们的创造性的劳动,他们成了人类自由的最稳当的堡垒。他看见了在苏联"每个人如何全心全意地向生命的建筑,贡献自己的一份力量,如何热情地钻研着改进工作,巩固前途"。

在苏联的报纸上,艾吕雅不但介绍了敌占期间的法国,也介绍了自由的法国,法国的进步艺术,诗人在保卫和平的斗争中的任务;他介绍了现代诗的特点。

艾吕雅将他的美学原则——他所要求艺术的一切——紧密地结合于劳动人民的国际性的斗争。法国的作家们与记者们在莫斯科的"文学之家"里,和苏联作家们座谈的时候,艾吕雅宣称:

> 我们不能将诗歌与任何正在衰老与死亡的东西相结合……今天的诗人们知道,如果他们不到处服

---

① 有一些法国人参观了苏联回去,喜欢做言过其实的描写,艾吕雅的演讲对苏联做了热烈的赞扬,而他的态度是实事求是的,他的语调是诚恳而朴实的。

务于和平与正义这一巨大的工作,他们就不配存留在人类的记忆中;而善良、慷慨的苏联人民,是推动我们参加这一巨大工作的先锋队……

——《诗歌——和平的武器》

艾吕雅非常重视诗与生活的结合,重视诗参加社会斗争。艾吕雅是卓越的艺术家,风格的大师;他不赞成无目的的熟练技巧,不赞成虚张声势的诗。他认识诗歌的最高的品质就是能够表达人类的丰富思想的、古典主义式的简洁。他自己的、已经收入法国诗歌的宝藏中的那些诗,很能抓住读者,由于它们的世界观的深度,它们的优美以及它们的形象的和谐合奏。

艾吕雅是当前和平运动的发起人之一。对于这一全世界人民的运动的浩大的规模,他感觉到骄傲与欣慰。斗士的热情,胜利的信心,启发了他晚年的作品。他的艺术得到了不可遏止的发展,他的诗篇获得了巨大的鼓动力量,成了一般人民在日常斗争中坐卧不离的书籍。

现在,艾吕雅已经逝世,他的诗篇继续着他生平的事业。听到国际和平奖金追赠给艾吕雅这一消息,全世界的和平的友人们深感满意。